再來一碗

おかわり

高木直子全家吃飽飽萬歲！

高木直子◎圖文

洪俞君◎譯

前言

長年一個人住的我……
吔~開動了~!!
隨興的飲食生活是我最大的樂趣
狠下心買回來的黑鮪魚生魚片好好吃喔~!!
好幸福~!!
BEER
後來又和本書的編輯一起迷上某位歌手……
好帥喔~
←編輯
兩人遠赴全國各地聽演唱會
北從北海道
啊~
啊~
南到福岡
到演唱會當地吃在地的美食也是一大樂趣
在新潟
越乃寒梅
炸半雞~
咖哩口味
而就在我40歲時，認識了現在的老公。
又羞又喜
小亞
大我2歲

和愛吃拉麵的他
一起去吃拉麵……
東京拉麵展
黑 拉麵
旭川 拉麵
豬骨 拉麵
呼嚕嚕~
好吃!!
有時也和
熟男熟女情侶一樣
到幽雅安靜的店……
雅致的蕎麥麵店
呵呵呵
啊哈哈
後來我們
結婚了……
喀啷~
喀啷~
我們沒舉辦婚禮，這只是示意圖。
42歲時我生了一個女兒!!
哇哇哇哇~
之前悠哉隨意的生活
一下子全被打亂……
乖~乖~
來~牛奶泡好了~
哇哇~
哇哇~
手忙
腳亂
飲食生活
也改變許多
這本書記錄了
我們由一家
兩口變成三口之後
日常飲食的變化。
請看~
呼~
哇~

目次

＊譯註：道之驛（Michi no eki），日本設置在一般公路旁、具有休憩與振興地方等綜合功能的道路措施，類似高速公路的休息站。

第2盤　一家三口的日常飲食

第1盤

夫妻兩人的日常飲食

早餐吃麵包
還是飯？

2015年秋天，我結婚了。
老公
小亞
兩人都年過40
本以為我們兩人飲食喜好很類似，一起住以後在飲食方面應該不會意見分歧……
好吃~♥
喜歡吃肉
喜歡辣的東西
好好吃喔~♥
喜歡澱粉類食物
喜歡蔬菜
喜歡生魚片
喜歡啤酒
喜歡B級美食
兩人基本上都很愛吃♥
但還是有一些差異
早餐我比較喜歡吃麵包。
吃麵包？
嗯。因為我早上想喝咖啡。
喜歡喝咖啡
而我早上比較喜歡吃飯……
心目中的早餐
梅
白飯
味噌湯
納豆
可以的話再加烤鮭魚
……
那早上就吃麵包吧。
兩人一起住後決定早餐吃麵包
吔ー

因此我們家的早餐
每天大概都是像這樣……
優格
我也很喜歡麵包，
所以基本上沒問題。
喀嗞
大口咬
大口咬
不過有時還是會……
早上好想吃
納豆喔～
喜歡吃納豆
這麼想……
有一回
兩人一起去茨城縣
噗～
呼～
沒想到路上
車子那麼多～
TOMOBE SA
我們吃點東西
休息休息吧～
辛苦了～
我們在休息站發現了
這種食物
元祖 納豆DOG
NATTO DOG
納豆熱狗 360日圓
起司納豆熱狗
390日圓
魩仔魚納豆熱
咦？
納豆熱狗?!

你看～熱狗裡面還放納豆耶～
不愧是愛吃納豆的茨城縣!!
看來滿有趣的，我們買來吃吃看吧！
一個納豆熱狗，一個起司納豆熱狗。
好的～
往廚房一看，發現他們是一根熱狗加一盒納豆。
攪拌
攪拌
攪拌
攪拌
攪拌
……
然後端出來的是這個!!
黏糊糊～
哇～!!
納豆比我想的要多得多～
依個人喜好加番茄醬和芥子醬
擠～
不知道吃起來是什麼味道……
擠～
放進嘴裡時有點忐忑不安，沒想到整個還滿對味。
咦?!還滿好吃的嘛!!
起司納豆熱狗也不錯吃喔～

我們都愛上了納豆熱狗，於是決定回想出那味道，在家裡自己做做看。
材料
麵包
超熟餐包
切一條裂縫，稍微烤一下。
納豆
充分攪拌
德國香腸
水煮
高麗菜絲
用美乃滋稍微拌過
SCHAU ESSEN
找不到長麵包，所以變成迷你型的……
納豆也只能放進半盒……
做出來的東西還真有幾分像!!
吔～我來吃吃看～……
滑溜
掉落
啊!!
雖然有點不好入口……
嗯，我做得還滿像的嘛!!
好好吃!!
嗯～好吃
沒想到配咖啡也很合～
從那以後，納豆熱狗就經常出現在我們的早餐餐桌上。
我愛納豆♥

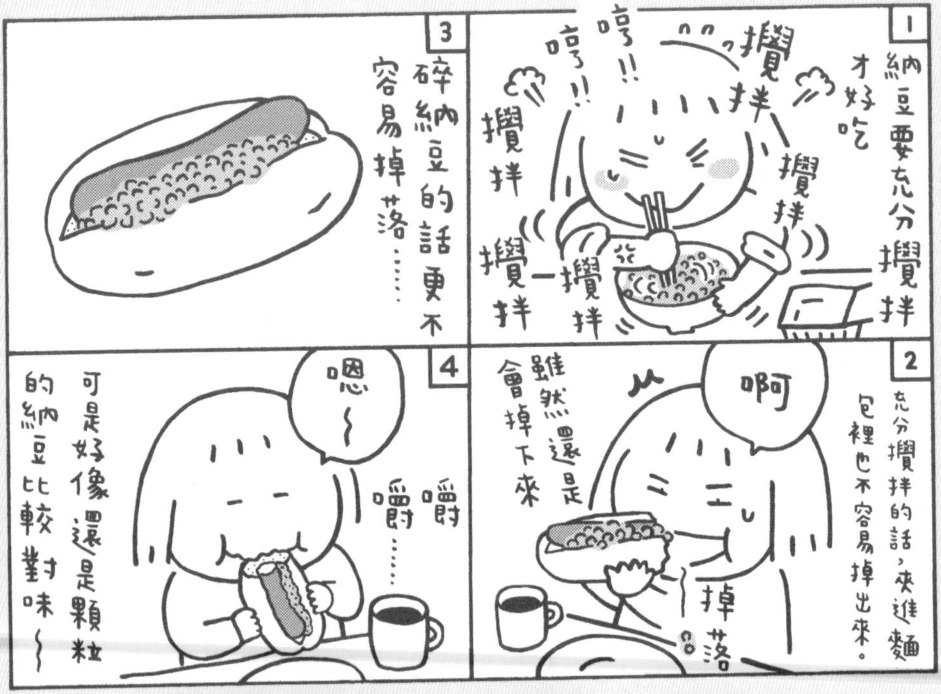
1
納豆要充分攪拌才好吃
哼!!
哼!!
攪拌
攪拌
攪拌
攪拌
攪拌
2
充分攪拌的話，夾進麵包裡也不容易掉出來。
啊
雖然還是會掉下來
掉落
3
碎納豆的話更不容易掉落……
4
嗯～
嚼嚼……
可是好像還是顆粒的納豆比較對味～

自己在家裡做納豆熱狗
完成!!
和咖啡也很合
德國香腸下面有很多納豆!!
起司
元祖 納豆DOG
納豆 LOVE
友部SA下り名物
也有加魩仔魚的

DATA
元祖 納豆熱狗
茨城縣笠間市長兎路1051-3
常磐自動車道(下行)友部休息站
☎0296-77-8600

我們家的大餐，
手卷壽司

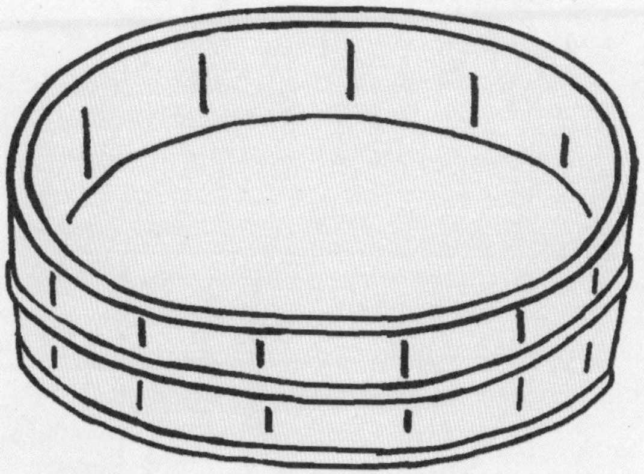

什麼算是
在家吃大餐呢？
在我的老家，
全家人一起做手卷壽司吃的日子
總有稍稍特別的感覺。
開心
開心
開心
開心
但是我一個人住的時候，
從來沒在家裡做手卷壽司……
一個人做
也……
雖然偶爾會做太卷壽司
因此兩人一起住以後，
很快就想……
我們來做手卷壽司吧!!
蛤？
老公的老家
是不做手卷壽司的……
手卷壽司
怎麼做？
我們先去買做壽司
必備的木製拌飯盆
兩個人用的話，
這麼大
就夠了吧……
可是有時候
可能會請人家
到家裡來
開手卷趴，
還是
買大一點的好!!
大能兼小!!

然後去超市買回來
手卷用的綜合生魚片……
裡面有少量多樣的食材
把老家寄來的海苔
一張分成四等分……
要不要海苔啊？
爸爸很喜歡海苔，經常寄給我們美味的海苔。
海苔
還需要納豆、美乃滋鮪魚、剁碎的梅乾……
要做手卷壽司交給我就對了!!
咚
咚
青菜……
小黃瓜
苗蘿蔔嬰
切成一半
綠紫蘇
做壽司飯……
幫忙搧一下!!
壽司醋
拌
拌
啪
啪
手卷壽司的材料準備好了!!
BEER
山葵
吔～!!

好久沒自己做手卷壽司了~!!
對了，各位讀者對手卷壽司的吃法有沒有特別講究呢？
我很想多吃幾個，所以壽司飯會盡量少放一點，喜歡的綠紫蘇和梅乾則幾乎每次都會放。
我做的手卷壽司其中一例
鮪魚、小黃瓜、綠紫蘇、梅乾
綠紫蘇對半縱切，省著吃。
至於生魚片我就不太會混著放，因為我想品嚐每一種食材各自的滋味。
好好吃喔~
自己做手卷壽司吃，挺有趣的!!
第一次自己做手卷壽司的老公也似乎很開心
放
放
老公一次放很多種食材，變成好大一卷……
特製海鮮卷~
呼~，我差不多飽了~。
什麼？
才剛開始餒~
你一次放太多東西了啦!!
你看，壽司飯要鋪平一點薄一點!!
有時還得教教老公怎麼做手卷壽司

我們今天晚上吃手卷壽司好不好？
好啊!! 那買生魚片回去吧~!!
太好了~!!
之後，手卷壽司變成我們家晚餐的經典菜餚之一。
嗯~ 可是今天好的生魚片都賣完了~
只剩下墨魚鮭魚……
怎麼這樣?! 人家今天想吃手卷壽司說~!!
像這種時候，有時會增加生魚片以外食材的量。
比平常多
酪梨
納豆
美乃滋鮪魚
醃蘿蔔
鮭魚
玉子燒
墨魚
梅
炸雞塊
泡菜
萵苣
嗯，墨魚泡菜納豆卷也不錯吃!!
這樣也好吃啊!!
萵苣炸雞塊卷~
可是妳不覺得這個拌飯盆太大了嗎？
給我納豆~
很大~
吃手卷壽司還是要人多一點熱鬧些才有趣
不會啦~!! 或許過些時候我們就會辦個手卷壽司趴呢!!

我爸爸很喜歡海苔，所以我從小就不缺海苔吃。
餐桌上總是有海苔
現在爸爸還是經常寄給我，所以我通常都可以不用買……
哇～好多喔
很多～
茶
但偶爾還是會短缺……
啊最後一張了
海苔罐
哇喔～各種價錢都有!!
燒海苔
海苔
海苔
有明海苔
壽司海苔
偶爾自己要買的時候，都不知道買哪一種好。

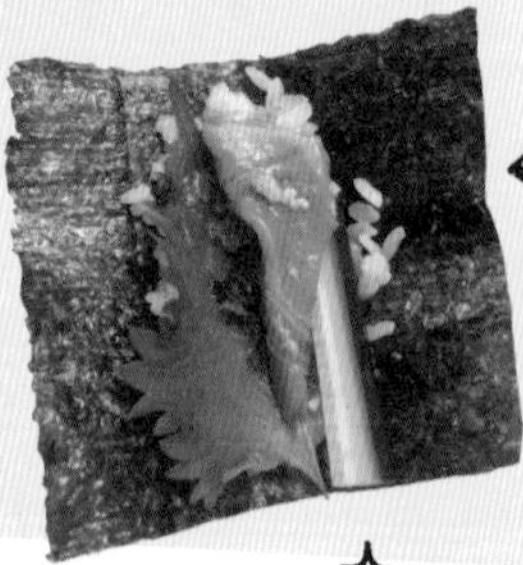

我做的手卷壽司其中一例

單純的最好♡

買不到好的生魚片的日子

這樣也好吃～!!♡

很大的空間

買到高級綜合生魚片的日子

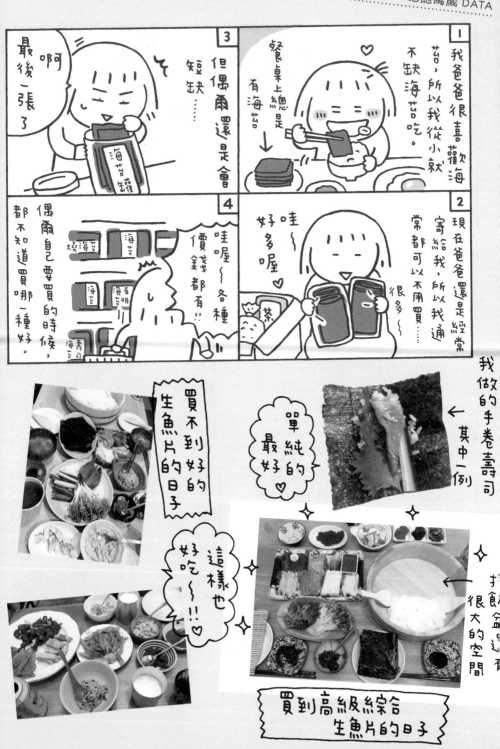

不想做飯的晚上

懶得做飯的日子，我有時會這樣提議。
今天我們買各自喜歡的泡麵回去吧～
水果
……
咦？
好主意!!
老公很喜歡吃泡麵，所以通常會高興地贊成。
回到家之後……
晚餐一下子就做好了
只切了番茄和小黃瓜
開動了～!!
老公還加了一碗微波爐加熱的冷凍白飯!!
老公通常會選炒麵
嗯嗯
呼嚕
呼嚕
特大
炒麵
我不太吃炒麵……
……
氣味撲鼻～
呼嚕嚕

可是聞到味道會忍不住想吃幾口
給我一點～
好啊～
男人都喜歡炒麵的泡麵，是吧？
是嗎？
好吃
特大炒麵
我爸爸以前也常吃。
不過不是像這種，好像都是袋裝的比較多～
我沒吃過袋裝的。
炒麵
是喔～
一個人半夜做炒麵配啤酒，好像是他的樂趣……
喀噠喀噠
那味道經常飄到二樓我們的房間，叫人垂涎三尺～
和姊姊睡上下鋪
爸爸又在做炒麵了……
咕嚕～
香味撲鼻
喀噠喀噠
咕嚕～
好香喔……
所以我才會直到現在還是受不了炒麵氣味的誘惑吧？
說著說著不由得想吃炒麵……
再給我一口～
好好吧……

過幾天，我買回來了袋裝的炒麵。
調味粉包
青海苔
NISSIN 日清炒麵
JAS
5包入
嗯～先讓麵充分吸收熱開水變軟之後再挑散……
日清炒麵
等水分蒸發了就放調味粉包。
沒錯沒錯!!
老公一包不夠，得吃兩包。
調味粉包
咕嘟
咕嘟
哇!!把調味包放進去，怎麼就開始沾鍋了!!
啊，對了!!那很容易沾鍋的!!
唏哩
啪啦
這時突然回憶起小時候
那時家裡只有非常容易沾鍋的平底鍋……
爸爸做炒麵的第二天早上，廚房水槽裡一定泡著一個沾得一塌糊塗的平底鍋……
……
哇趕快拌一拌～
啪啦
唏哩
唏哩
在我回憶起這些事的當兒，炒麵也做好了!!
沒有配料!!

接著學兒時的爸爸，
喝啤酒配炒麵。
吔~
拿炒麵
當下酒菜~
節慶的
歡樂
氣氛
BEER
開動
了~
嗯!!好吃!!
這種濃郁的味道
比碗麵更適合
配啤酒~
呼~
再炒得
乾一點，
或許也好吃~
當時爸爸要上班
又要幫忙帶小孩，
每天一定非常忙碌……
你們幾
個~
今天要上
夜班啦~
爸爸
陪我玩嘛~
哇~
半夜喝啤酒配炒麵，
或許是他一個人
放鬆的時間……
BEER
想到這裡，
不由得心中充滿鄉愁。
味道
撲鼻~
開心
開心

譯註：日本東北地方指青森縣、秋田縣、岩手縣、山形縣、宮城縣、福島縣。信越地方指長野縣與新潟縣。

維他命豐富的
幸福果汁券

和老公外食的時候……
中午你想吃什麼？
嗯～我想想……
SHOP
SHOES
經常跟著愛吃拉麵的老公吃拉麵
呼嚕嚕～
咻咻
我雖然也喜歡拉麵……
呼嚕
呼嚕
呼～我口好渴……
好想喝點有很多維他命的東西～
但吃完後經常是這種狀態
呼
呼
這種時候經常去鮮果汁店
FRESH JUICE
哇喔～有各式各樣的果汁!!
喝哪一種好呢～

綠色蔬菜和鳳梨的果汁好像對身體很好，可是巨峰葡萄的果汁也很吸引人～
芒果汁也好像很不錯～
可是都好貴喔……
580日圓
嗯～～……
大杯的就更貴了……
很想咕嚕咕嚕灌下肚
像這樣一邊考慮價格一邊選要喝哪一種果汁……
吸～
葡萄柚汁
中杯 380日圓
香蕉牛奶
中杯280日圓
覺得果汁滋潤又解渴……
又能營養均衡
吸～
吸～
歲末將近的某一天……
妳看妳看!! 果汁店要賣福袋吔!!
新年 福袋
接受預約中!!
可兌換喜愛的果汁一杯
果汁禮券10張
4.000日圓

蛤～～～～～福袋？4000日圓太貴了吧？
會那麼常喝嗎？
我是很少買福袋的人……
妳想想看!!不管多貴的果汁都是一杯400日圓，CP值這麼高的福袋很少!!
不過老公倒是很喜歡。
果汁券十張有效期限一年……兩個人喝的話，應該是不會用不完～
這家果汁連鎖店也到處都有……
1 2 3 4……
照平常那樣喝的話，應該很快就會用完～
於是買了福袋
果汁禮券
果汁禮券
果汁禮券
福袋
4.000日圓
後來發現這禮券真是太棒了!!
哇～!!可以任選喜歡的果汁嗎？
嗯，而且大小杯也隨你選!!
果汁工房
karin
L
M
S
果汁禮券
果汁禮券

原書註：果汁的種類和價錢為當時取材時的情況。

DATA
果汁工房果琳（karin）、V²&M by Fruits Bar AOKI、Wonder Fruits、フルーツバーAOKI
※福袋每年一月發售（限定數量）。全國各連鎖店皆可使用。
https://k-karin.jp/

行事慎重的老公
做章魚全席晚餐

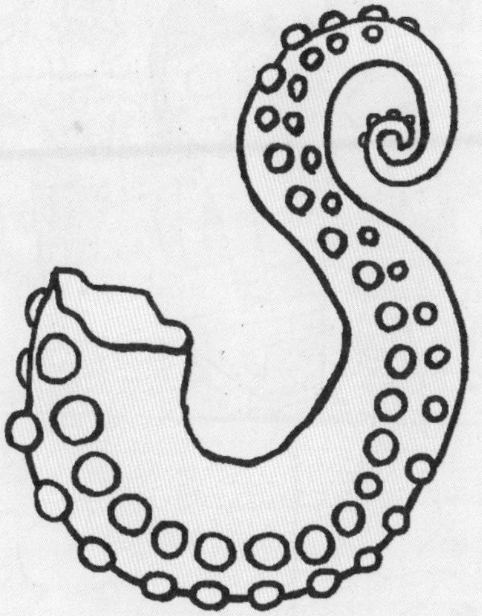

我的工作室和老公上班的地方距離很近……
嘎啦啦……
辛苦了~
超市
麵包8折
因此，多半會配合彼此的時間一起回家。
要不要去超市？
也常順路去超市，一邊想想晚餐要做什麼菜……
今天吃什麼好呢~
你看你看!!
咕嚕~
很~大
好粗的生章魚腳~!!
生
超推薦
生章魚 北海道產 680日圓
哇~那隻章魚不知道有多大……
這麼大一個算是很便宜的，今天晚上就吃這個吧!!
什麼~~~~~
章魚!!
章魚!!
我一看到稀有的東西就很想嚐嚐看
有點被嚇到了

切成薄片生吃，或是涮一涮吃吧～
呵呵……♥
我想得很輕鬆……
上面寫要先用鹽巴仔細搓30分鐘去掉黏液，然後再放入茶葉一起煮～
手機
納豆
好像不能直接弄來吃……
是喔?!
結果是老公負責烹調章魚
搓 搓 搓 搓 搓 搓 搓 搓 搓 搓 搓 搓
……
做事慎重
做事草率
那……那我來做個味噌湯好了。
之後老公一邊上網查東西，一邊默默地做菜……
嗯～接下來……
總共做了三道章魚料理
香蒜章魚馬鈴薯
章魚沙拉
炸章魚
哇～做這麼多道菜喔?!
好厲害!!
已經這時間了。
p.m. 10:00
BEER
咕嚕嚕～
咕嚕嚕～
不好意思

章魚是不是也跟當季與否有關？

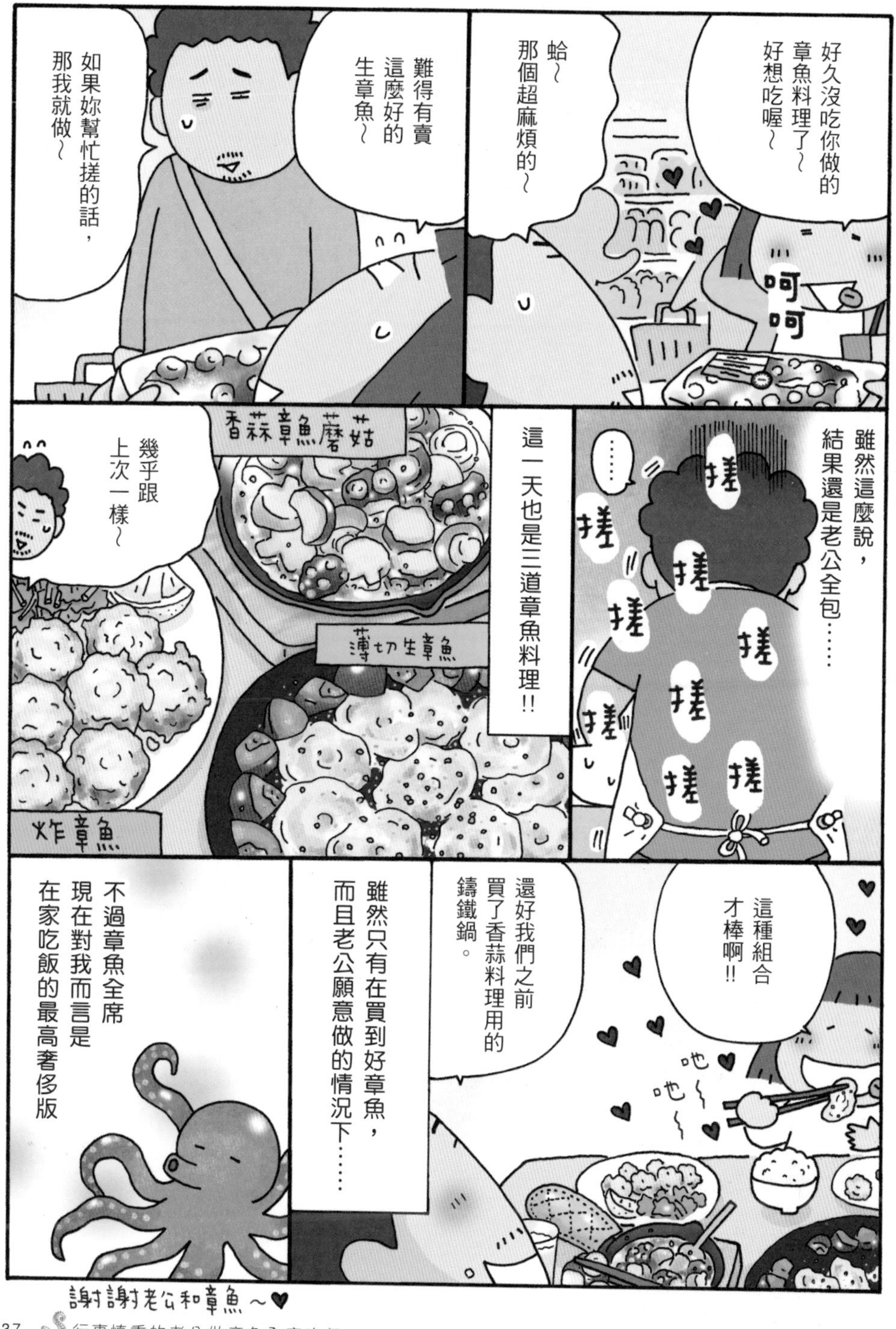
好久沒吃你做的章魚料理了～好想吃喔～
呵呵
蛤～那個超麻煩的～
難得有這麼好的生章魚～
如果妳幫忙搓的話，那我就做～
雖然這麼說，結果還是老公全包……
……
搓
搓
搓
搓
搓
搓
搓
搓
搓
這一天也是三道章魚料理!!
香蒜章魚蘑菇
薄切生章魚
炸章魚
幾乎跟上次一樣～
這種組合才棒啊!!
吧～
吧～
還好我們之前買了香蒜料理用的鑄鐵鍋。
雖然只有在買到好章魚，而且老公願意做的情況下……
不過章魚全席現在對我而言是在家吃飯的最高奢侈版

謝謝老公和章魚～♥

1
香蒜章魚吃完以後……
鑄鐵鍋中放入橄欖油、章魚、蘑菇、鯷魚、鹽、大蒜一起煮。
2
剩下的油留下來
倒~
3
吃早餐時，塗在麵包上，很美味♡
和法棍麵包是絕配~
沾沾
4
雖然吃完胃有點重……
唉~
40多歲了有差……
呼~
嗚……
大蒜味

這隻章魚不知道有多大
453
章魚全席晚餐
放入鹽巴仔細搓過……
加入茶葉一起煮

餐桌上淨是在道之驛

買回來的美味蔬菜！

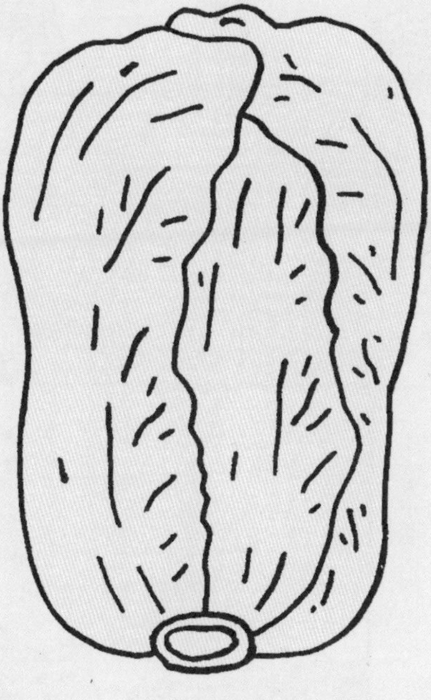

＊譯註：道之驛（Michi no eki），日本設置在一般公路旁、具有休憩與振興地方等綜合功能的道路措施，類似高速公路的休息站。

假日有時會和老公去兜風……
群馬
栃木
茨城
長野
埼玉
山梨
東京
千葉
神奈川
靜岡
能當天來回的範圍
路上經常會看到這種路標……
道の駅
去看看吧~
道之驛!!
很多道之驛都附設有餐廳、販賣部等……
2F餐廳
伴手禮
呼~
開車辛苦了~
WC
CAFE
烏龍麵
哇喔!!
琳瑯滿目
其中我最喜歡的就是在地農產品販售區
哇~這裡賣好多種蔬菜喔!!
你看!!這麼大的茄子六個才100日圓!!
這麼大的帶葉白蘿蔔也才80日圓!!
蔬菜非常新鮮，而且賣得比東京便宜許多，總不由得買很多。
哇喔
哇喔

我們這次又失心瘋了。
買回來的東西
是不是有點買太多了……
很多——
難得買到這麼多新鮮蔬菜，我們從第二天開始努力地吃。
咚
咚
剁
剁
結果餐桌上全都是蔬菜料理!!
蘿蔔葉用炒的也很好吃吔~!!
大吃
特吃
小時候我們家養的雞很喜歡吃白蘿蔔葉，現在我每次吃這個還是覺得自己很像雞。
咕咕
咕咕
咕咕~
超市賣的白蘿蔔為什麼不多留點葉子呢？
好吃—
我們持續了幾天這種健康的蔬食生活
沙拉也好爽脆
咕咕

此外買平常很少買的蔬菜也是一大樂趣
另一天
紅蔥這麼多才150日圓。
早上採摘的新鮮蔬菜
新鮮
新鮮
紅蔥 150日圓
我沒吃過紅蔥……
香脆
香脆
味噌和美乃滋調成的蘸醬
哇～紅蔥好吃!!我喜歡!!
香脆
香脆
又另一天
蕨菜我沒煮過，買回去試試看!!
蕨菜 200日圓
嗯～把小蘇打放進熱開水裡，接著把蕨菜放進去……
去除澀味
嚼
嚼
蕨菜義大利麵真好吃～!!
有一回買了名叫「木通芽」的東西
五月在山梨縣買的
木通芽 100日圓
網路上說，用鹽水煮過後切碎加入生雞蛋、醬油攪拌均勻，加在白飯上，美味又可口。
查食譜
生雞蛋……
這種吃法有點出乎意料……

沒想到做出來大受歡迎!!
好……好吃喔!!
有點苦又黏糊糊的，非常下飯～
大人的口味♥
哇——♥
再來一碗再來一碗～!!
我小時候摘過木通的果實吃，沒想到它的芽也可以吃～
呵呵～
な
呼嚕
呼嚕
我連果實也沒吃過……
東京人
長新芽的這時期才吃得到吧……
我有些嚮往鄉間的生活……
吃著用在道之驛買的蔬菜做成的菜餚
發呆～
布穀～
布穀～
總會讓我覺得和那種生活接近了一些
吃飽了～!!
吃光光♥

1
有一次在家庭大賣場發現木通的盆栽
是木通吧!!
2
我們把這個買回去種，是不是就可以摘它的芽來吃?!
或許還會結果實!!
3
不過實在太貴了，於是放棄。
大約5000日圓
而且聽說只有一棵的話不太容易結果
4
後來再也沒看到賣木通芽
嗚~
還是自己種吧?!

加了木通芽的雞蛋拌飯♡
很健康
新鮮!!
吧~
豐收~~!!
蕨菜義大利麵

東京VS.三重，
我和老公懷念的美食大對決

我在東京已經住20多年了……
現在仍然經常想念家鄉的味道
時常想吃的是烏龍麵!!
天婦羅烏龍麵~♥
偏軟
湯頭味道濃醇，色澤較淡。
我也喜歡伊勢烏龍麵♥
夏天則是涼涼的滑菇蘿蔔泥烏龍麵♥
Q彈
和在東京吃的烏龍麵就是有點不一樣
也很懷念在老家常吃的漬物……
黃黃的、鹹鹹的、很有嚼勁的醃蘿蔔
我喜歡不甜的醃蘿蔔♥
我們叫田舍漬
醃透的白菜米糠漬
酸酸的很好吃♥
在東京幾乎沒看過的日野菜漬
切碎拌芝麻
撒在飯上
好~好吃!!
也很懷念美食街的各種小吃……
Sugakiya拉麵
靈魂食物♥
有點焦的醬油糰子
一串糰子五個
也想再吃一次爸爸偶爾會買回來的黑味噌醬的豬小腸……
來~給你們的禮物~
爸爸很喜歡吃♥
黑漆漆的
哇—
哇—
哇—

還有在咖啡屋吃的下面鋪了蛋的鐵板拿坡里義大利麵。
也好想吃赤福～
媽媽做的煮物～
小時候全家常去的中華料理店的豬排～
……
也想吃烤得脆一點的鰻魚～
東京的軟軟的
妳真的很喜歡吃～
你應該也有想再嚐一嚐的懷念食物吧?!
以前東京應該也有很多好吃的東西、好吃的店吧!!
嗯～……好像沒有～
我們家很少外食……
……
我老公雖然也很喜歡吃……
呼嚕嚕嚕～
特別喜歡吃拉麵、肉、冰淇淋。
只要有東西吃，吃什麼都覺得好吃……
可是……
未免太無趣了……

我婆婆是鳥取縣靠日本海那邊的人
嘩啦~
我小時候從早上就吃生魚片呢！
從早上就吃生魚片?!
很喜歡吃生魚片
早上就開始處理漁夫剛捕回來的墨魚。
呵呵
家前面就是海，退潮以後變成淺灘，我們有時候會去撿蛤蜊~
那也變成我們遊戲的延伸
我們家還把母的松葉蟹直接放進味噌湯裡煮來吃呢~
放很多白蘿蔔
啊~
光聽就口水直流
還有一種在東京沒看過的魚，叫水魚，肉質嫩又好吃~
拿來燉的話，吃起來入口即化~
現在也還偶爾訂當地的特產……
幼松葉蟹
剛脫殼的幼松葉蟹
(一~二月左右是時令)
海帶芽板
鰈魚乾
我也一起享用
這種螃蟹殼很軟，吃起來輕鬆不費力。
大口吃~
大口吃~
好吃~
我們家都是吃這種螃蟹。

好羨慕喔～我從以前就很想住在靠海的地方～
婆婆要離開家鄉的時候有沒有很傷心呢？
聊到這裡的時候……
對了……你根本沒離開過家鄉嘛～
我才發現
生長在東京的老公……
哇哇～
雖然搬過幾次家，不過大概都在同一區。
大學、公司都在從老家通車可以到的地方……
從老家到大學騎腳踏車15分鐘
我們結婚的時候，他也是從老家直接搬過來的。
我先把要用的東西拿過來～
我知道了……
如果你也被調到很遠的外地工作……
絕對會想吃東京的很多東西!!
我想吃那家店的拉麵～
媽媽做的那道菜～
東京的美食～
是嗎～
?

沒離開過家鄉
好像是件
令人羨慕的事……
嗚~……
又好像
不是……
上東京後
非常非常
想家的我
當然最好是不要嘗
到這種寂寞的滋味……
但也有離開家鄉後
才會發現的好處……
很大一箱!!
哇~
那是什麼?
我真的好想吃~
所以就拜託爸爸
幫我寄黑味噌醬
豬腸過來!!
像這樣，我也偶爾
請家人寄懷念的
家鄉味給我……
哇~
真的很黑!!
滋~
哇~
就是這味道!!
好久沒吃了~!!
蘸偏甜的醬料
也很好吃!!
然後也傳授給老公
裡面也有像豬肝的東西!!

男人下廚，
幹勁十足！

差不多習慣了兩人的生活時……
噁~~
光看食物的畫面就覺得好噁心喔~
滋~
今晚就吃這味!!
烤肉的廣告
妳還好嗎？
我把電視關掉好了~
我懷孕了，這時我42歲。
噁~
懷孕初期害喜很嚴重……
還是吃點東西比較好吧？
嗯~……
我幫妳做個烏龍麵吧？
老公很勤快地做飯給我吃
咚
咚
咕嘟
咕嘟
啊……烏龍麵的話，我大概可以吃得下一些些……
太好了~
呼
梅乾
託老公的福，終於熬過孕吐時期……
我做了蔬菜牛肉燉湯~

不久，身體狀況漸趨穩定，食慾也恢復了……
更覺得接下來得為肚子裡的寶寶好好地攝取營養才行!!
積極補充建構骨骼及牙齒的鈣質……
建議多攝取富含葉酸的菠菜、草莓和綠蘆筍等……
嗯嗯嗯……
準媽媽之友
老公大概也很擔心高齡產婦的我……
……
男人和食入門
我做了鰹魚高湯醃涼拌菠菜~
照食譜做的~
哇喔~
以前我吃燙菠菜的時候都是蘸醬油，不過換成高湯也不錯呢!!
特吃
大吃
有高級日本料理店的味道~
雖然沒去過
有一回看了一部和料理有關的電視劇……
砰砰~
俠飯
おとこめし

我想做做看前陣子在電視上看到的一道菜，我可以買雞軟骨回去嗎？
咦？可以啊～
meat
我做了餃子，裡面還加了雞軟骨～
鏘～～!!
有時也會做在電視劇中看到的料理給我吃
軟骨很Q彈，好好吃喔～!!
鈣質好像也很豐富～
軟骨要用菜刀剁碎，很搞工～!!
大吃
特吃
結婚之後，我老公一直都是一個主動下廚做飯的人……
這時似乎更充滿動力
本以為結婚以後，做飯大概都得由我負責……
今天開始 上手系列
經典版 零失敗 男人的新手食譜
男子食堂
為什麼要特別買「男人的」食譜呢～
呵呵！好可愛～
但很開心的是，事實並非如此。

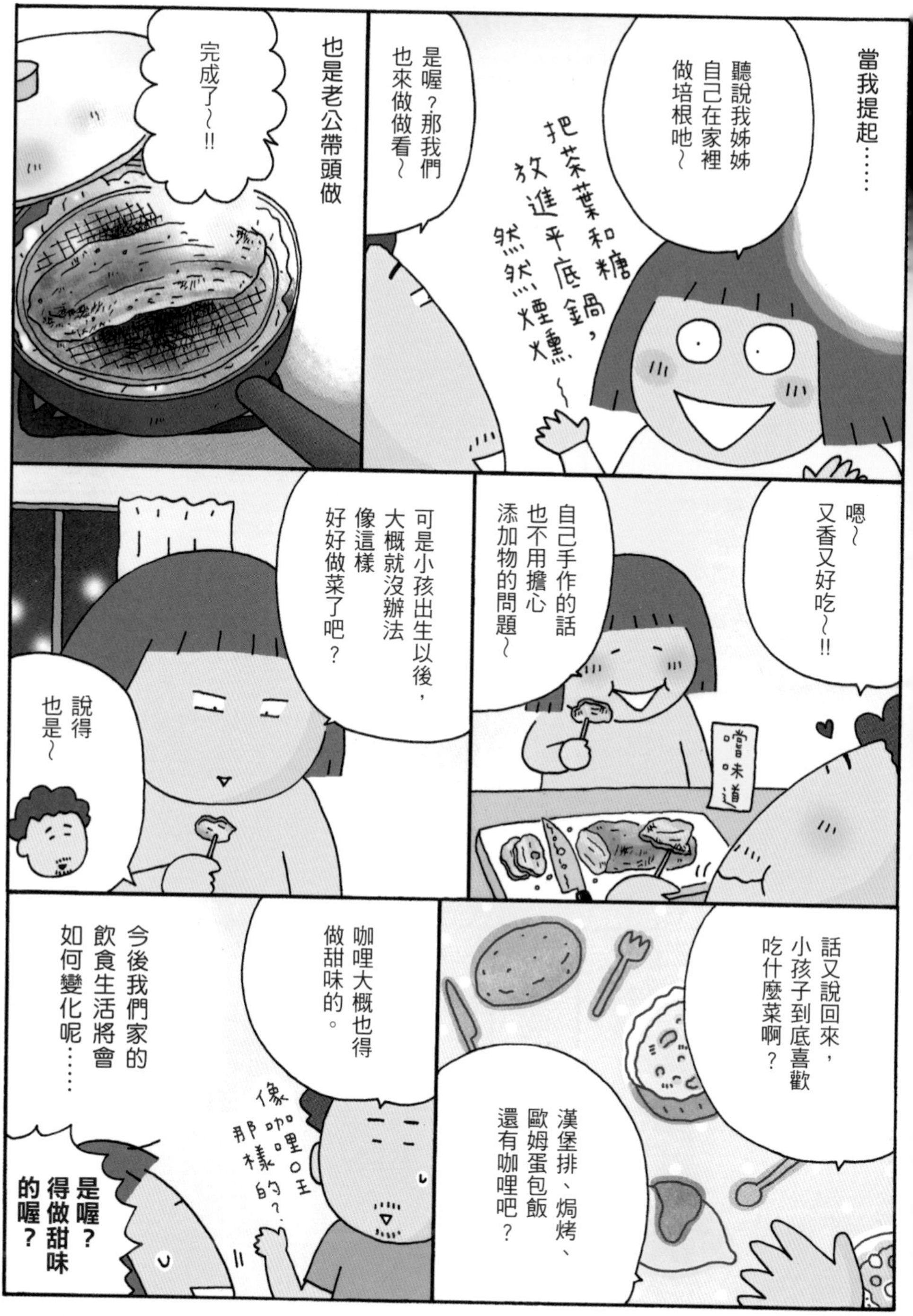
當我提起……
聽說我姊姊自己在家裡做培根吔~
把茶葉和糖放進平底鍋，然然煙燻~
是喔？那我們也來做做看~
也是老公帶頭做
完成了~!!
嗯~又香又好吃~!!
自己手作的話也不用擔心添加物的問題~
嚐味道
可是小孩出生以後，大概就沒辦法像這樣好好做菜了吧？
說得也是~
話又說回來，小孩子到底喜歡吃什麼菜啊？
漢堡排、焗烤、歐姆蛋包飯還有咖哩吧？
咖哩大概也得做甜味的。
像咖哩O王那樣的？
今後我們家的飲食生活將會如何變化呢……
是喔？得做甜味的喔？

之後也常做 **培根的做法** by 小亞

1
我懷孕之後就不去居酒屋了……
好想吃涼拌魚肉塊……
2
我來做做看!!
咚
咚
不過老公會為我做各式各樣的菜餚
3
好想吃名古屋炸雞翅喔～♡
4
為我做了
滋
哇～～居酒屋小亞太棒了～

居酒屋 小亞
卡布里沙拉
韭菜炒雞肝
名古屋風味炸雞翅
無酒精啤酒
自製的培根完成了!!
像鬱金香形狀的炸小雞腿

MILK

懷孕期間的
美味手作生活

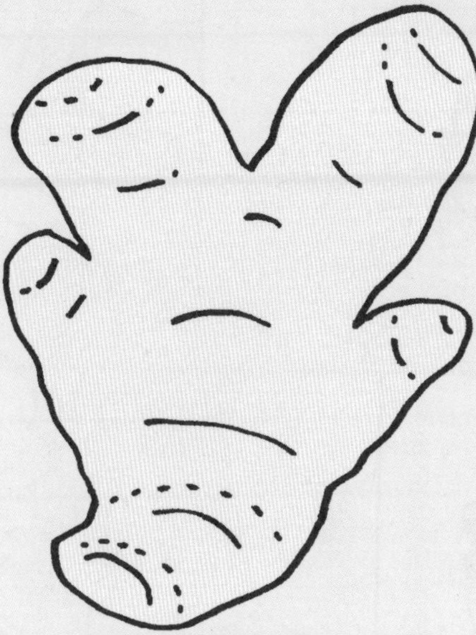

懷孕以後我比以前更留意食物的原材料……
這個麵包裡面除了香料、乳化劑，還有很多添加物……
吐司
老公看我這樣，親手為我做了很多東西。
我把老家不用的麵包機拿來了，自己做了麵包。
好香喔~~!!♥
又有一次
我想自己做做看鮪魚罐頭那種魚肉，我可以買這個特價的鮪魚生魚片回去嗎？
鮪魚罐頭？
可以啊……
半價
黃鰭鮪魚 780日圓
鮪魚上撒一些鹽，然後擦去滲出來的水分……
廚房紙巾
置放約20分鐘
鹽
依喜好放入月桂葉
小火慢慢煮約20分鐘
放進加了約可蓋過魚肉的橄欖油和大蒜的鍋子裡慢慢煮……
手作的鮪魚罐頭肉完成了!!
哇~真的是鮪魚罐頭的味道吔!!
好好吃♥
我下次用鰹魚做做看。
老公也似乎做得很開心
優格做好了~
哇—
買了優格機

↑放冰箱約可保存兩星期

很窄的陽台
我一個人住時很認真地做我愛吃的梅乾……
嘿咻
嘿咻
結婚以後，老公也開始幫忙。
陽台比以前寬，方便多了～
辛勤
不懈
哇～今年又做了很多梅乾～
這是我第一次做～
咚
對了，剩下的梅子醋怎麼辦？
做梅乾的副產品梅子醋
嘩啦
我經常用山芋或茗荷做成即席梅子醋漬物，或是用氣泡水稀釋後當飲料喝，不過還是用不完～
……
去年的也還有
嗯～……
可不可以做成紅薑？
紅薑？

查的結果，發現似乎可以用梅子醋來做紅薑，於是決定挑戰看看!!
首先買嫩薑回來……
嫩薑
398日圓
稍微清洗之後，去皮切絲……
咚 咚 咚 咚 咚 咚 咚 咚
放進煮沸消毒過的玻璃瓶，再倒入梅子醋醃漬……
嘩啦 嘩啦
大約十天之後，再換一次梅子醋就完成了!!
好想趕快嚐嚐看!!
有什麼菜會用到紅薑絲？
歡欣 歡欣 雀躍
當然是牛肉蓋飯嘍~
於是做了牛肉蓋飯，放上剛做好的紅薑絲。
開動了~!!
很大一碗~!!
七味
哇哇~這未免太好吃了吧!!
好吃~!!

以前覺得料理上的紅薑絲
都只有一點點，像裝飾而已……
哇～
我想再多放點
紅薑絲!!
哇ー
哇ー
我還要紅薑絲!!
我想吃的是
紅薑絲，
牛肉蓋飯
已經不是重點!!
我也要!!
哇ー
哇ー
自製的紅薑美味得
顛覆了我的價值觀
啊啊～
嚇一跳～!!
呼～
每年都會
剩下梅子醋，
從來沒想過
要做紅薑。
梅子醋
也是手作的，
這樣做出來的
紅薑更是優質手作。
梅子醋還有很多，
我們多做一些
放著吧!!
據說可以放一年
現在嫩薑
又是當季!!
(夏天～秋天左右)
之後我們依然和睦地
過著手作的生活……
做了很多
紅薑絲～
我也用擠過的
香橙做了橙醋。
哇!!
踢了!!
踢!!
預產期
也越來越近了

1
那之後我們夫妻倆依然很勤奮地做梅乾
這還有點綠的梅子怎麼辦？
2
老公還做了梅子糖漿
等量的梅子和冰糖一層一層交互地放進容器裡，每天搖晃一下，大約一個月就完成了。
3
完成後取出梅子
冒泡~
加氣泡水稀釋，做成梅子氣泡水!!
SPARKLING
4
好喝~
呼~好爽口~!!
不過老公一點也不喝，只有我一個人喝得很開心。

我家的
手作的生活
做了仿鮪魚罐頭的魚肉
做了草莓果醬
每年都會做的梅乾
很多!!
用這梅子醋……
紅薑絲
完成嘍~

夫妻兩人的生活進入尾聲，咖哩催生法?!

預產期越來越接近了，某一天兩人一起去吃午間烤肉套餐。
肉～!! 肉～!!
好好吃喔～!!
我最近好想吃肉喔～!!
嗞～
小孩出生以後，可能暫時不能來吃烤肉了～
嗞～
噼哩
啪啦
說得也是～小孩還小的時候，怕會燙傷～
大概暫時不能自己做煎菜餅，也不能去火鍋店了吧～
也不能帶到可以抽菸的店或是太嘈雜的店～
嗞～
相反的大概也不能帶去太安靜或是很高級的店吧～
嗞～
就算可以，大概也只能去家庭餐廳或是美食街吧？
哈哈哈
……
是喔……
結婚之前，有一回我們兩人一起去京都。
嗞嗞～
那時我們開心地點了很貴的天婦羅套餐……
嘿!! 你吃太快了，你看你的菜一直上來!!
吃慢一點嘛!!
菜要趁熱吃啊～
大口吃
大口吃

因為小事吵架，兩人之間的氣氛變得很僵。
火冒三丈
天婦羅
難得的美味大餐，我卻因為一件小事生氣……
小亞一臉不知如何是好的表情……
下次去京都的時候，希望能再去那家店，兩人一起和睦地用餐……
事後，我如此反省……
可是下次不知道要多久以後呢……
啊－吃好飽喔♥
10年後……？還是20年後……？
烤肉
還是要珍惜當下才是……
也如此心想
因此我決定要好好享受所剩不多的兩人生活……
又去吃午間烤肉套餐
嗞嗞
還是沒有要出來的跡象～
之後到了預產期，仍然沒有要分娩的跡象。

譯註：東海地方範圍包括愛知縣、岐阜縣、三重縣、靜岡縣。

之後接連好幾天
都吃咖哩……
咖哩!!
咖哩!!
今天是豬排咖哩~
吔~
終於好像開始陣痛……
好痛喔~~
預產期過後的第六天，女兒平安誕生了!!
哇哇哇~
最後一直沒能進入產程卻先破水，因此改採剖腹生產……
該說咖哩有效？還是沒效……
辛苦了
於是一家三口的日子就此展開!!
乖~乖~
我們的飲食生活又將如何變化呢？

1
一直沒有出現陣痛，我不由得焦急起來。
怎麼還沒呢～
怎麼還沒呢～
2
網路資訊
聽說除了咖哩以外，奧O蜜C也有效吧!!
蛤？
3
幫我買回來了
咕嚕
咕嚕
咕嚕
陣痛趕快來吧～!!
4
那些日子回想起來……
也是一段時光飛逝的美好回憶。

日日是咖哩
真心推薦
KOZ一醬喔!!
咖哩我喜歡吃辣味的♡
呱呱～
女兒平安誕生了～!!

第2盤

一家三口的日常飲食

哼~
哼~

媽媽的味道

我們母女倆出院的第二天……
哇哇哇～
暱稱 小米
住在三重縣的媽媽就來幫忙，預定待兩星期。
哦～活力十足～!!
哇哇哇～
牛奶泡好了～
沒什麼母奶，是嗎？
慢慢來吧……現在大概是牛奶、母奶一半一半……
咕嚕
咕嚕
那我去買點有營養的東西回來吧～
起身
妳現在也還不能出門走動。
妳一個人可以嗎？
產後三個星期要好好休息!!
於是，媽媽握著我畫的地圖……
走路4分鐘
超市
銀行
和菓子
花店
超商
家
幫忙買了很多東西回來
超市裡賣很多老家那邊沒看過的東西，很好玩～!!
咚
我隨便做個午餐吧～!!
拍 拍

都是很簡單的東西～
熱騰騰～
哇～好高興喔～!!
住院這幾天都是吃醫院的飯，味道很淡～
紅燒雞肝!!
開動了～!!
嚼嚼
噫?!
才吃一口……
啊……媽媽的味道……
立刻如此心想
我們從小吃到大的媽媽的菜……
哇ー
哇ー
就算時光流逝、地點改變，做出來的味道還是一樣。
啊!
哇哇哇～
妳先吃飯，我來就好～
叫我不由得佩服

早餐和晚餐幾乎都是老公做的……
哇哇～
便便漏出來了!!
嗞～
但午餐則是媽媽天天做給我吃
今天做什麼菜好呢～
嗯～……我想吃親子丼蓋飯～
親子丼？我最近都沒做……忘了怎麼做了……
拍 拍
那我去買東西嘍～
糟糕～!!我好久沒做了，結果都糊在一起～
糊～
不會啦～媽媽做的親子丼蓋飯一直都是這樣～
哈哈哈哈哈
就是這個味道!!
是喔？
令我想起小時候星期六的午餐……
有親子丼蓋飯喔～
哇～♥
懷念的味道……
香味撲鼻～……
咕嚕～

媽媽住在我家的期間為我做了各式各樣的菜餚……
媽媽為我做的其他東西
煮南瓜
紅燒鰈魚
馬鈴薯沙拉
味噌關東煮
菠菜炒蛋
每一道菜都深深滋養我產後的身體……
媽媽做的味噌湯總是這樣，料很多、湯很少，又有點煮得太爛……
懷念的味道~
更體會到我就是吃這味道長大的……
媽媽要回去的那天
啊~我還不想回去餒~!!
最後幾天爸爸也來了
好可愛喔~♥
抱緊~
媽~這兩個星期，真是謝謝妳~!!
著迷~
幫了我們很大的忙。
還是要多休息，不要太勞累~接下來要彼此互相幫忙~
一邊目送爸媽離去……
我們會再來的~
一邊心想，我做的菜對這孩子而言將變成媽媽的味道……
進去吧~
想到這裡，不禁覺得責任重大。

1
媽媽做的菜多半是用醬油和味醂調味……
目測，不用量匙!!
咕嘟
醬油
2
而且非常喜歡用紅味噌
一大匙
紅味噌
3
所以做出來的菜大多都是茶色的……
納豆
4
茶色的菜餚……
感恩～
很好吃啊～!!

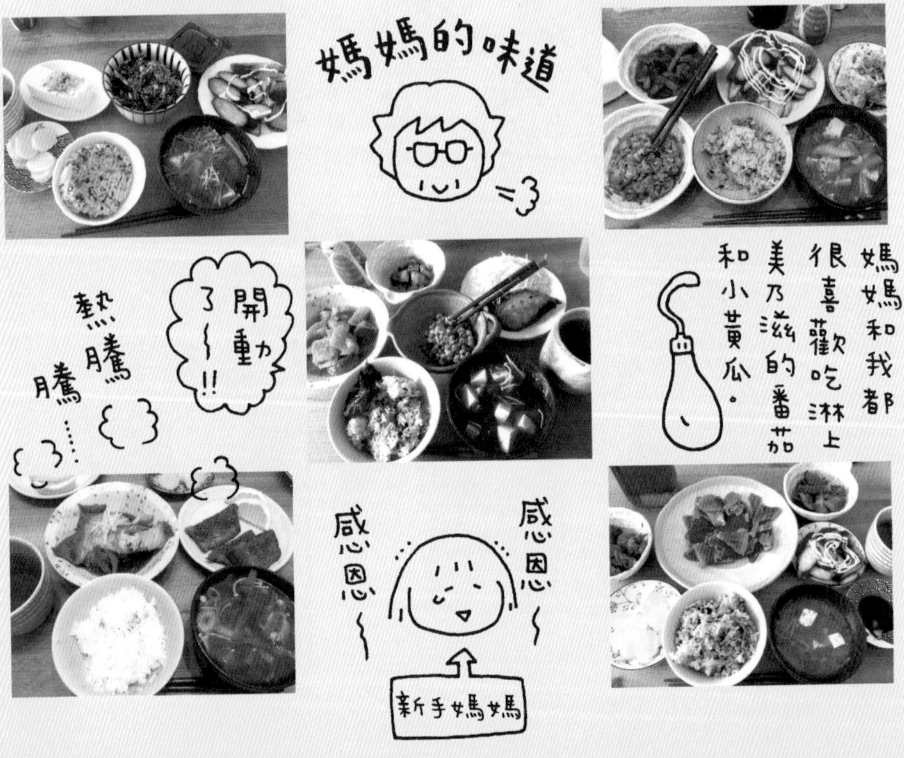
媽媽的味道
媽媽和我都很喜歡吃淋上美乃滋的番茄和小黃瓜。
開動了～!!
熱騰騰……
感恩～
感恩～
新手媽媽

吃飯要趁
小孩睡覺時

哇哇哇～
乖乖～
馬上來了～!!
衝
嘎啦
媽媽回去以後，
白天就我和女兒兩個人。
哇哇～
哇哇哇～
怎麼了
怎麼了～
哇哇哇～
我忙東忙西的……
哇哇～
尿布
尿布
加上餵母奶的
關係吧……
……
吸
吸
吸
吸
很快就肚子餓了
咕～
咕嚕嚕～
吸
吸
呼～
睡著了……
呼
吧？
哇～
吃飯嘍吃飯嘍!!
女兒睡著的時候，
正是我用餐的時機!!
咕嚕～
咕嚕～

嗯~
有肉、蛋和蔥~
還有冷凍的白飯~
咕嚕~
咕嚕~
那就做炒飯吧!!
動作快~
考慮到餵母奶，我也希望盡可能好好地吃飯……
咚
咚
咚
咚
哇哇哇~
啊!!這麼快就醒了!!
不好意思，馬麻太吵了，是嗎？
啊~我的炒飯~
但卻連做飯的餘裕都沒有
哇哇~
哇哇~
咕嚕嚕
咕嚕~
於是想到一招!!
哇哇~
MILK
捏
捏
早上趁老公在的時間先做好飯糰和簡單的菜。
這樣的話……
輕放~
哇哇……

呵～
為什麼一放下去就醒了呢？
乖～乖～
嗚嗚……肚子好餓……
哇哇哇～
哇哇～
咕嚕嚕
狼吞虎嚥
狼吞
嗯!!我要補充營養了!!
哇哇哇～
抓
抱著小孩也可以進食
呼～終於成功地把小米放下來了～
擺臭臉
今天的菜只準備了水煮蛋……
繼續吃飯糰……
咕嚕～
咕嚕～
為了應付這種情況，我經常買回來這個!!
囤積
餛飩
餛飩
餛飩
醬油口味
3分
餛飩
吃泡麵的話難免會有些罪惡感……
我應該給小米好的母乳，可是卻吃了垃圾食物……
咻咻……
這個的話，感覺像有湯又有菜，我也吃得比較心安理得……
餛飩～
配飯糰也很對味～

便便了
便便了~
哇哇~
但還是很快
就肚子餓了……
乖乖睡
覺嘍~
哇哇哇~
咕嚕~
因此經常
準備麵包，
充當點心!!
很喜歡
經常買
富士麵包
NEO
葡萄小餐包
乳瑪琳夾心
6個入
起司蒸糕
十幾歲的時候，食欲旺盛，
覺得這種點心麵包好吃極了……
15歲的我
特吃
大吃
大吃
不管幾個
都吃得下~
克林姆麵包
現在那種感覺
好像又回來了
43歲的我
大吃
特吃
大吃
特吃
不管幾個
都吃得下~
我常常一邊餵奶，
一邊吃麵包……
我稱這狀態是
「雙雙進食」
虎嚥
狼吞
狼吞
虎嚥
吸
吸
吸
母女同
時進食
NEO小餐包
我體重絲毫沒減輕地
進到下一篇~
哇哇~
沉甸甸~
啊~

1
飯糰真的很方便
趁早上趕緊捏一捏……
捏
捏
2
那一天就不用擔心了!!
3
用一隻手也可以拿著吃……
狼香
哇∩∩∩哇哇
虎嚥
虎嚥
狼。香
冷了也好吃……
4
謝謝早上捏了飯糰的自己
感謝米飯!!
也感謝自己!!

某一天的午餐
這時期似乎忙昏了，餐點的照片只有拍這一張……
哇哇
經常吃的麵包♡
這是後來補拍的

想吃剛做好的、
熱騰騰的

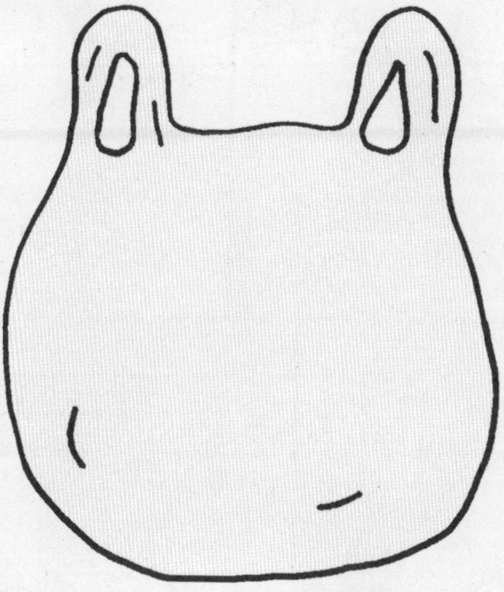

終於可以帶女兒外出了
我們去散步喔~
洗衣店
BARBER
喀啦
喀啦
這家麵包店裡面比較寬敞，也有斜坡……
應該可以推嬰兒車進去吧？
BAKERY
咕嚕嚕~
歡迎光臨~
對不起，等一下喔~
哇哇哇~
好好~馬上好了~
嗚~第一次成功地帶著小孩買麵包!!
這種小事對我而言也是一大進步
BAKERY
謝謝妳~
乖乖喔~
假日和老公一起出門的時候也……
天氣好好喔~
喀啦
喀啦
喀啦

我好像肚子餓了……
咕嚕~
烏龍麵
蕎麥麵
嗯~看來睡得很熟……
BISTRO
這家店太吵了，大概很快就會醒過來……
嘈雜
嘈雜
哇哈哈
哈哈哈
Lunch
這家店看來很安靜……
可是萬一哭起來，反而恐怖~
哇哇~
哇哇哇~
乖乖~
乖乖~
想到這些，也就很難外食。
以前和老公兩個人隨興地出門……
接下來要去哪裡~?
隨意進去一家店，隨興地吃吃喝喝，不用在意時間……
哇~
嘈雜
乾杯
BEER
BEER

現在回想起來，那真是一段奢侈的時光。
我們還是買個東西回去吃吧……
Curry
便當？還是壽司？
啊～我有時好想吃剛做好的、熱騰騰的東西……
餃子的
王將
歡迎外帶
啊，那這個如何？
於是買回來的是眾所熟悉的，餃子的王將的……
生餃子!!
一人份
(6個)
240日圓+稅
×四人份
在家自己煎
就用這個煎吧!!
這時間在餵奶
吸
吸
吸
老公愛用的很重的鐵鍋
餃子要煎得焦焦黃黃、脆脆的喔!!
滋～
了解～
我喜歡表皮脆一點的
嗯……睡著了……
乖乖睡喔～
餃子也快煎好了～

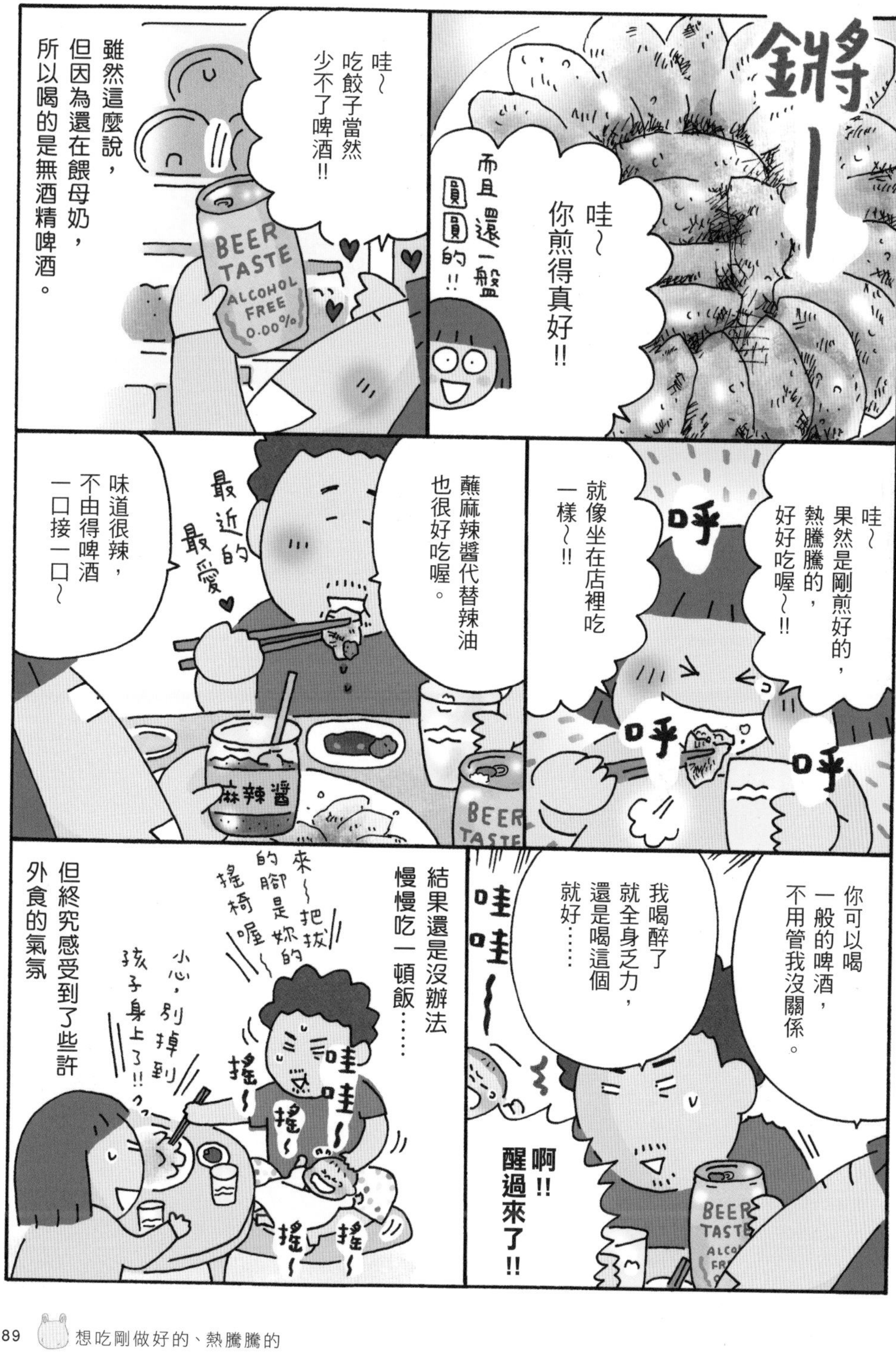
鏘——
哇~你煎得真好!!
而且還一盤圓圓的!!
哇~吃餃子當然少不了啤酒!!
雖然這麼說,但因為還在餵母奶,所以喝的是無酒精啤酒。
BEER TASTE ALCOHOL FREE 0.00%
哇~果然是剛煎好的,熱騰騰的,好好吃喔~!!
呼
呼
呼
就像坐在店裡吃一樣~!!
蘸麻辣醬代替辣油也很好吃喔。
最近的最愛
味道很辣,不由得啤酒一口接一口~
麻辣醬
BEER TASTE
你可以喝一般的啤酒,不用管我沒關係。
我喝醉了就全身乏力,還是喝這個就好……
哇哇~
啊!!醒過來了!!
BEER TASTE
結果還是沒辦法慢慢吃一頓飯……
來~把拔的腳是妳的搖椅喔~
哇哇~
搖~
搖~
搖~
搖~
小心,別掉到孩子身上了!!
但終究感受到了些許外食的氣氛

1
女兒小的時候，我們沒有勇氣外食……
太晚了～
趕快回家吧～
嘎啦
嘎啦
2
這種時候
嘈雜
嘈雜
啊哈哈
3
看到在店裡愉快外食的人們……
乾杯～
啊哈哈
4
好自由燦爛的世界喔……
覺得自己像是賣火柴的女孩

在家裡剛起鍋的♡

吃餃子當然少不了啤酒!!
雖然是喝無酒精啤酒
負責煎
好了嗎～
咕嚕～

DATA
餃子的王將
＊除了生餃子、煎餃以外，其他的中式餐點也可以外帶。
https://www.ohsho.co.jp/

小米
第一次的○○

女兒開始吃副食品以後，我每天很認真地研究。
嗯～現在可以吃的東西是紅蘿蔔、南瓜、馬鈴薯、番茄和蕪菁～
第一次的副食品
初期可以給的食材非常有限
好！今天來挑戰南瓜粥!!
去買南瓜嘍～
南瓜!!
南瓜!!
哦！今天運氣真好!!
特價商品
南瓜
一塊98日圓
今天的南瓜很便宜!!
SALE
可是，一看旁邊……
有看起來更好更高級的南瓜!!
有機
鬆軟香甜
栗子南瓜
一塊398日圓
女兒有生以來第一次吃的南瓜是要買特價的……
還是買有機的叫什麼南瓜的……
嗯
我似乎很難逃脫「第一次的○○」這詞的誘惑……
幾番猶豫，最後還是買了高級的南瓜。
要煮得很軟很軟……
咕嘟
咕嘟

稀飯和南瓜都要磨成泥……
嗯嗯……
很難磨……
看似簡單，其實很難弄。
磨~ 磨~ 磨~ 磨~ 磨~ 磨~
南瓜粥終於做好了
糊~
一點點……
小米~來~吃南瓜!!
這是妳有生以來第一次吃南瓜喔~
啊~♥
第一次吃到南瓜的女兒，臉上露出這種表情……
之後就一點也不吃
小米~妳看~南瓜吔!!
又甜又好吃喔~!!
嘴巴張開
有機的高級南瓜喔~!!
結果那南瓜大部分是大人吃掉
的確很鬆軟香甜，好吃啊!!
大量的南瓜沙拉

那之後也挑戰了各種食材……
第一次的副食品
吐~
下次來試試看紅蘿蔔!!
來~很好吃喔~^^
今天要弄毛豆~!!
磨~
磨~
磨~
磨~
磨~
磨~
加油!!
哇哇~
哇~小米吃了吧~♥
咀嚼
咀嚼
終於要開始吃動物性蛋白質了
建議先用白肉魚的生魚片試試看……
嗯嗯嗯……
今天來挑戰比目魚粥!!
比目魚~比目魚~!!
可……可是……
天啊~!!比目魚好貴喔!!
我……雖然很喜歡吃生魚片，不過都是挑傍晚以後比較便宜的時間來買……
吔~
生魚片半價~♪
可是……女兒有生以來第一次吃的魚，總不能買半價的魚吧……

於是心一橫買了比目魚!!
燙過磨碎……
雖然高級生魚片
這麼做有些可惜……
磨~
磨~
磨~
磨~
磨~
小米~來~
吃比目魚粥~!!
還有玉米糊和西瓜汁
這是妳第一次吃魚吔~
牠是住在海裡的魚喔~
忐忑
不安
不安
好吃嗎?
吃……
吃下去了……
前些時候
還只喝牛奶的
小貝比現在竟然
吃了魚……
覺得好感動……
咀嚼
咀嚼
雖然擺了個臭臉
我和老公一邊期待女兒長大後
能不偏食……
把拔和馬麻
都很愛吃，
我們會
更努力做菜。
也希望以後
妳能和我們一起吃
各式各樣的食物。
來~
啊~
一邊開心地
把剩下的比目魚吃完
好好吃喔~!!
ALL-FREE

很多的第一次

第一次吃 咖哩飯

第一次吃玉米

第一次吃鯛魚

第一次吃 高麗菜

第一次吃 法國吐司

戒不掉！
深夜吃零食

想睡覺了吧？
那我們去睡覺嘍～
馬麻～晚安～
我們家大多是由老公哄小孩睡覺……
晚安～～
我則利用這時間工作
哼哼～～!!
乖～乖～睡覺嘍～
看樣子陷入苦戰……
喀嚓
呼～終於睡著了～!!
辛苦了～
接下來……
興高
采烈
哄小孩睡覺以後，老公的樂趣是……
……
吃冰淇淋
掀開
Essel Super Cup 超香草
Super Cup
每天必吃

哇～給我一口～
啊!!
挖!!
Super Cup
嗯～好吃～
第一口被搶走了……
可是吃了甜的……
就想換吃鹹的～
這是裝了我們兩人很多零食的籃子，我們叫它「罪惡BOX」
窸窣
窸窣
窸窣
哦，我也想吃～
吃哪一個好呢～
窸窣
窸窣
窸窣
窸窣
窸窣
決定了！今天吃這個!!
Calbee
SAPPRO POTATO
烤肉口味
雞肉&牛肉加蘋果
哈哈哈～好久沒吃了，好好吃喔～!!
從小到現在味道都沒變～
越吃越順口
咔嗞
咔嗞
咔嗞
時而像這樣展開我們兩人的罪惡時間

啊，已經沒有了!!
不夠吃!! 我的胃著了火!!
↑老公經常說的台詞
這個也打開好了!!
那我再去泡杯茶來~
興高采烈
窸窣……
卡辣姆久
來看個電視吧~ 好久沒看了~
以前兩人經常一起看電視……
按
但女兒出生以後，就盡量不看。
來看很久以前錄的搖滾音樂祭吧
好啊~
錄了很多節目都沒看
錄影清單
長排~
咕嚕~咕嚕
這兩人沒去過音樂祭，卻喜歡在電視上看這類的表演。
這個樂團唱得很棒吔！
樂團叫什麼名字？
但音量開得比較小
啊！在哭了!!
我去看就好。
萬一女兒哭了也聽得見
哇
哇
吔

沒事～很快又睡著了。
好像蓋被子太熱了，不高興～
謝謝～
太好了……我一個人吃零食一口接一口，正傷腦筋呢～
我爸媽幾乎不吃這種休閒零食。
我爸媽也完全不吃。
吃也是羊羹或者是最中那類的甜點～
咔嚓
為什麼呢？是因為他們小時候沒有這種休閒零食嗎？
還是我們年紀再大一點自然地就會不吃了呢？
嗯～我覺得我老了也還是會吃休閒零食……
洋芋片
海苔鹽味洋芋片
35年後的兩人？
結果會是怎樣呢？
……
隔天早上——
嗚～我胃有點不舒服……
我也有點反胃……
咯
女兒活力充沛!!
現在的胃果然跟年輕的時候不能比～
多半會變成這樣，但還是戒不掉晚上吃零食的壞習慣。

1
附近的超市每週四冰淇淋特價……
星期四
原價140日圓的冰淇淋特價
69日圓
2
老公每逢週四就去採購
下班後
啦啦♪
3
一星期份的冰淇淋
啦啦♪
……
4
寒冬的時候也幾乎天天吃
光看就覺得好冷～
香草

吃零食的罪惡時間開始!!
最喜歡
吃零食
舔舔
大吃特吃
我喜歡的綜合海鮮仙貝
老公的冰淇淋庫存

媽媽的
番茄醬漢堡排

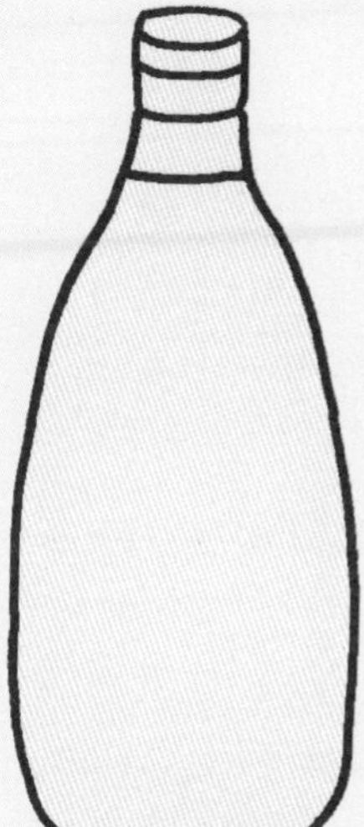

我現在還是經常想起小時候
媽媽為我們做的菜
發呆～
以前便利的東西
不像現在這麼多……
做菜的時候
都是自己從頭弄……
咚
咚
咚
嗞～
嗞～
做可樂餅的時候，先將洋蔥、紅蘿蔔、
絞肉炒過之後，再加入壓碎的馬鈴薯……
我要
裹麵包粉～
我要
蘸蛋液～!!
小孩也幫忙裹麵衣
我也要弄～
利用炸可樂餅的時間，
將番茄醬和醬汁各半攪拌在一起……
唰～
開心
開心
醬汁
剛炸好的可樂餅蘸這醬汁……
炸好了～!!
吔～
吔～
滾
滾
滾
BEER
真的好好吃，
不論幾個都吃得下～
熱呼呼
熱呼呼

做炸物非常麻煩，但媽媽還是經常做天婦羅給我們吃……
唰～
現在的我雖然這麼說……
天婦羅裡面我最喜歡的應該是蓮藕～
還有綠辣椒……
但小時候大概喜歡吃甜的，因此最喜歡的是地瓜天婦羅。
呼～
呼～
幫忙包餃子也很開心……
我包得很漂亮吧～!!
糊成一團
哇—
我也好喜歡吃媽媽做的裡面有煮得鹹鹹甜甜的香菇、紅蘿蔔等食材，滑滑嫩嫩的茶碗蒸……
幸福～
還有豆皮壽司也是我的最愛……
媽媽總是前一晚就先煮好豆皮放著入味
每逢運動會之類稍微特別的日子，我們就會要求媽媽做。
全都是我喜歡吃的東西……
努力
辛勤

除此之外，叫我難忘的還有漢堡排!!
在基底裡面加番茄醬是媽媽的獨家做法
黏手
黏手
煎的時候會慢慢滲出橘紅色的油……
嗞嗞~
嗅嗅
常常都煎得太焦、而且太軟容易散掉……
卻是小孩子們的最愛
特吃
大吃
大吃
特吃
大吃
啊啊……我也好久沒吃了，好想吃喔~!!
於是……
咕嚕~
叩可~
決定自己做做看以前媽媽做的那種漢堡排!!
番茄醬放這麼多應該夠了吧？
其實也只是在一般的漢堡排做法中加入番茄醬而已……
擠~
豬牛混合絞肉、炒過的洋蔥末、用牛奶泡發的麵包粉、雞蛋、鹽、胡椒、番茄醬
充分混合成形後，放進平底鍋煎。
嗞~
噫……怎麼沒有橘紅色的油跑出來？
為什麼？

然而煎出來的漢堡排
和媽媽的完全不一樣
這樣就只是裡面有一點點番茄醬顏色的漢堡排而已嘛。
味道、軟硬也不一樣……
這樣也很好吃啊~
於是打電話問媽媽
媽~我想問妳以前常做給我們吃的漢堡排是怎麼做的……
加番茄醬的那種……
漢堡排喔?我最近剛做給這邊的孫子吃~
你們來玩嘛~
弟弟的小孩
是喔~?煎的時候會有橘紅色的油跑出來嗎?
有啊~有啊~
當然~
哦~
其實在煎之前就會滴橘紅色的油了。
媽媽說可能是我炒洋蔥的時候油太少,所以我決定多放一點油再試一次。
這……這樣可以了吧~
平常怕熱量太高,不敢放太多油。
咕嚕
咕嚕
另外也多放了一些番茄醬
嗯……比上一次軟多了!
黏手~!

但仍舊沒出來很多橘紅色的油……
嗯～好像有一點點橘紅色……
而已
嗞～
雖然出來很多油
哇！味道很接近了!!
咯～
就是像這樣!!就是像這樣!!
還有大概是肉放太多了吧～
嗯～……
又打電話給媽媽
我們家以前是一盒肉做五人份，所以也放了很多洋蔥。
於是決定再做一次看看，這次洋蔥多一點，絞肉少一點。
跟我平常的做法相比，我覺得洋蔥和油都放很多了……
蛋也多放了
可是水分太多太濕，根本無法用手塑形……
軟糊糊
軟糊糊
決定用湯勺舀出來，一邊塑形一邊煎。
好像煎菜餅一樣……
做漢堡排時要像拋接球一樣，將空氣排出。
以前的印象
嗞～

嗚~都已經做到這樣了，怎麼還是沒有橘紅色的油跑出來呢~
唰~
不過味道好像更接近了!!
喔喔，好像變成半煎炸了……
不過媽媽做的好像就是這樣!!
吃的時候也有橘紅色的油跑出來
雖然熱量好像很高，可是小孩子應該會很喜歡這種漢堡排。
的確是……
嘛嗚~
啊~根本很難用手弄出個形狀，我都是用飯匙之類的東西把肉團撥進平底鍋~
一邊煎一邊祈禱不要散開，如果還是散開就盛到盤子以後再把形狀弄得漂亮一點~
啊哈哈~
果然……
又打電話給媽媽
雖然稍稍解開媽媽做菜的謎團……
可是橘紅色油的謎團還是沒解決。
像辣油的顏色
記憶
怎麼做才會變成那樣呢？
好想請媽媽再做一次給我吃喔~!!
不管幾歲還是很想念媽媽做的菜

沒想到賀週歲時
真的要用麻糬

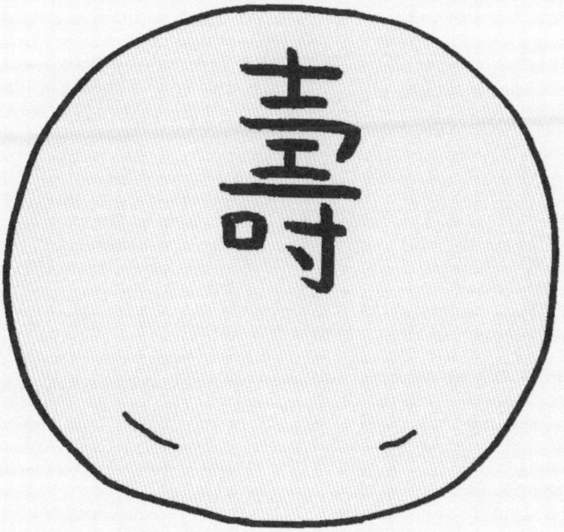

譯註：一升餅、一升年糕，一種一升米（約1.8公斤）製作而成的麻糬。在日本慶祝孩子滿週歲生日時會用到這種年糕。日文中的「一升」與「一生」發音相同，因此這種一生年糕用來寓意祝福孩子一生生活無憂、幸福健康。

譯註：鏡餅是日本過新年時，用以祭祀神明的一種米飯做成的糕餅，準確地說是一種麻糬。一般而言，鏡餅為大小兩個圓盤狀的麻糬相疊而成。

年底總會買很大的扁平麻糬回來……
很～大
當然也會準備鏡餅
要吃幾個麻糬～？
我也三個!!
三個!!
新年的早上，吃年糕湯迎接新的一年到來!!
膨脹～
也在暖爐上烤麻糬，蘸醬油包海苔吃。
開心
熱鬧
開心
海苔
接下來也是天天吃年糕湯……
軟糊糊
喜歡吃麻糬煮得快化掉的年糕湯♥
沒有麻糬怎麼過年啊!!
是嗎？
我和老公激動辯論之後買回來一個比較小的麻糬，元旦當天做年糕湯吃。
很有過年的感覺，不錯吔～
我就說嘛～
然而第二天早上……
今天早上我想吃麵包配咖啡～
吃麻糬有點……
老公這麼說，之後一個麻糬也不吃。那些麻糬一直放在冷凍庫……
硬邦邦
硬邦邦
結果是老公不在家的中午，我一個人烤來吃，才總算吃完的。
就算準備了一升餅，老公也絕～～～對不會吃的……
生氣～～
這時，聽說最近也有一升麵包這種東西!!
我們家也不吃麻糬，所以想改用麵包～
媽友
HARUTO
1
也會寫上小孩的名字
很可愛～♥
麵包?!

我跟老公如此提議，不料……
蛤？一升麵包？
嗯～……不過這種傳統習俗還是照規矩來比較好吧～
雖然我們家也沒做過
沒想到真的要用麻糬?!
蛤～～～可是你又不吃麻糬！
吃啊!! 吃啊!!
我會拿來做麻糬紅豆湯!!
真的嗎？
於是我們跟附近的和菓子店訂了一升餅
很大
壹
約2kg
女兒一歲生日當天
小米～一歲了!! 生日快樂～!!
HAPPY BIRTHD
生日大餐是豪華的生魚片綜合拼盤……裡面的魚肉燙過後加在稀飯上面
來～吃海鮮蓋飯(?)喔～
HAPPY BIRTHDAY
啊～生魚片好好吃喔～
大人直接吃生的♥

吃完飯後，來到揹一升餅的時間!!
我把麻糬放到包袱巾裡嘍~
有點重，小米加油喔!!
哇！終於站起來了!!
小米看這邊~
啪
哼哼~
啪
啪
祝小米一生（一升）身體健康、平安幸福……
過幾天，老公果然照約定做了麻糬紅豆湯。
做好了~
嗯，不愧是和菓子店的麻糬，果然好吃!!
紅豆湯也很好吃~
想到這是女兒揹過的麻糬，就更覺得好吃!!
女兒了
只喝湯
後來我們又吃了一次麻糬紅豆湯……
好吃~
咯
咯
但剩下的麻糬還是一直冰在冷凍庫……
硬邦邦
硬邦邦
還有很多
結果，一升餅有一大半都進了我的肚子。
老公你給我記著
一個人的麻糬午餐

1
我們老家是除夕吃得很豐盛……
耶耶～
螃蟹～
螃蟹～
螃蟹～
2
過年則吃得比較簡單……
年菜&年糕湯
3
老公家則是相反……
除夕當然是吃蕎麥麵啊
大餐是過年時吃♡
4
雖然知道有大餐等著我們……
我想一面看紅白歌唱大賽一面吃螃蟹～
只有蕎麥麵嗎？
每年都覺得有點寂寥……

我非常努力做了女兒初次吃飯用的餐點
一升餅!!
（約2kg）
大人開心地吃
賀滿週歲
海鮮蓋飯？
初次過節
女兒節

撒上神奇的粉末，
菜餚樣樣更美味！

女兒已經有很多東西可以跟著大人吃
稀飯煮好了！
接下來把烤鮭魚弄碎～加上剁碎的彩蛤和彩蛤湯～
少許
少許
也已經可以吃炒青菜了吧。
如果小米也要一起吃，是不是不要放大蒜比較好？
辣椒當然也不要放
說得也是
可以的話，油少放一點，味道也淡一點。
晚餐做好了!!
分食
分食
切成小塊的番茄
稀飯
彩蛤湯
分食
吔～小米可以跟著大人吃，輕鬆多了～。
以前還特別做副食品。
啊～
可是這炒青菜味道太淡了……
這種時候有那個粉就好了。
那個粉是……

女兒還沒出生的時候……
廣島
Hiroshima
到了~
兩人去廣島旅行……
嘩啦~
宮島~
大雨
進到廣島名產無湯汁擔擔麵的店
無湯汁擔擔麵專門
國王軒
哇~好辣喔~!!
舌頭都麻了
撒了這個粉，嘴巴更麻了……
超好吃!!
撒
撒
呼
呼
呼
喜歡吃辣的老公似乎非常滿意……
還想再去那家店……
他這麼說
不過後來我們發現東京也有分店!!
老公一個人興匆匆地跑去吃
果然超好吃~!!
仔細一看，店裡也有賣那個粉，我買了三瓶回來。
來~給妳
這就是「那個粉」

這粉是那家店自己研磨製成的獨家配方山椒……
1瓶200日圓
無湯汁擔擔麵專門
國王軒
http://www.kingken.jp/
撒在擔擔麵以外的料理上也很合
湯
炒麵
洋芋片
炒飯
拉麵
豆漿水鍋
各種炒物
等等♥
哇～好辣!!可是越吃越過癮～
不管撒在什麼料理上都好吃!!
這真的是魔法粉!!
刺痛
刺痛
刺痛
然而有一回全都用完了……
沮喪
沒有了……
空
3瓶都用完了
女兒出生了，也很難再去那家店。
我在超市買了花椒粉……
但還是跟那個粉完全不一樣……
失望
啊～
來～啊～
就在這時……
下次放假的時候，我可以帶小米去我姑姑那裡嗎？

於是老公趁這機會一人去那家店……
興高采烈
哇啊~
那家店真的很好吃!!
我這次買了五瓶粉回來。
哇!!
滾滾
事隔一年再度登上我們家餐桌的魔法粉……
嗅嗅
哇喔~沒錯沒錯就是這味道~
雞湯
啊~舌頭好麻~
覺得嘴巴好像歪到這裡來了~
刺痛
刺痛
刺痛
撒撒
撒
可是好好吃~!!
有這個的話，為了配合女兒做的口味，清淡的菜餚也可以變得很勁爆。
我仔細一看菜單，發現也有小孩可以吃的無辣擔擔麵。
完全不辣的
是喔？
那過些時候小米也可以吃了吧？
期待全家三口很快能一起去那家店吃擔擔麵
嘿~搔癢癢~
嘰咕嘰咕~
咯咯~
希望小米會喜歡~

譯註：YUZUSCO，液體狀的柚子胡椒。

譯註：柚子胡椒，是一種日本九州地方的調味料。一般製作的材料包括羅漢橙（日語稱柚子）的皮、青辣椒和鹽。名稱中的胡椒指的是辣椒，是九州方言。

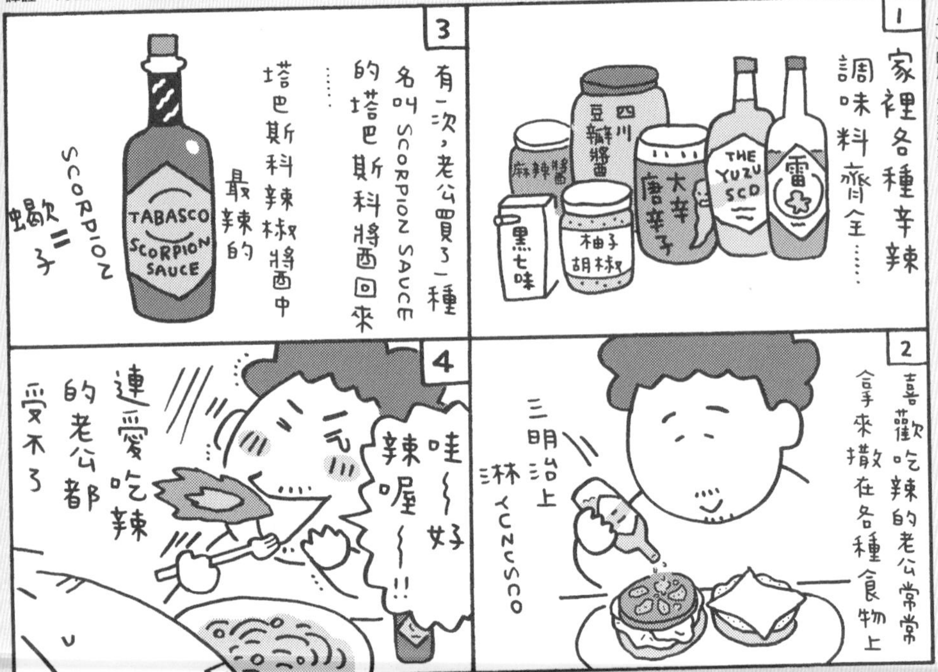
1
家裡各種辛辣調味料齊全……
雷
THE YUZU SCO
大辛唐辛子
四川豆瓣醬
麻辣醬
柚子胡椒
黑七味
2
喜歡吃辣的老公常常拿來撒在各種食物上
三明治上淋YUZUSCO
3
有一次，老公買了一種名叫SCORPION SAUCE的塔巴斯科醬回來……
塔巴斯科辣椒醬中最辣的
TABASCO SCORPION SAUCE
SCORPION＝蠍子
4
哇～好辣喔～～!!
連愛吃辣的老公都受不了

去廣島時的照片
裡面加了很多蔥花，還放了西洋芹。
老公一個人去吃的時候的照片
買的山椒
キング軒
撒一下，立刻美味無比！
舌頭都麻了
攪拌攪拌～♡
キング軒
很想再去廣島

DATA
無湯汁擔擔麵專門 國王軒（KING 軒）
※網路上也有賣。
https://kingken.world/

變化無窮，
母女倆的祕密簡易午餐

老公上班的時間，白天就只剩我和女兒兩個人……
哼哼～
唰
唰
咯～
去散步嘍～
哇～
便便了 便便了
尿布
啊！已經這時間了!!
經常手忙腳亂，不知不覺就到了該準備午餐的時間。
怎麼辦？得快一點才行～
啊嗚～
啊嗚～
這種時候經常做的是這個！
今天也來做素麵雜炒!!
先把冰箱裡有的適合的肉類和蔬菜切一切……
嗯～今天用豬肉～
茄子和青椒……
咚 咚 咚 咚 咚 咚
女兒也要吃，所以切碎一點
一面煮素麵，一面炒菜，加少許的鹽調味。
嘛嗚～
嗞～
炒
炒

煮好的素麵沖水瀝乾後，放到盤子上……
咻
咻
女兒的切短一點
接著把炒好的熱騰騰的配料放到麵上……
嗞～
唰
唰
淋上麵味露，並依喜好撒上柴魚花、青海苔粉等就完成了!!
烹調時間約20分
好了～久等了～
咚
咚
雖然很簡單……
要拌一拌喔～
糊成一團
但是很軟也很容易入口，所以女兒很喜歡。
吃～
吃～
掉落
掉落
我的那一份再加上一些符合大人口味的東西……
撒
撒
撒
之前提到的粉
人家送的沖繩伴手禮
泡盛辣椒油
紅薑絲

母女倆吃相同東西的午餐時間
似乎是片刻的太平……
等一下
還有葡萄喔~
來~
啊
啊
吃完午餐，
終於可以鬆一口氣。
呼~!!
女兒
也要睡午覺了……
把這素麵雜炒裡面的配料
換一換……
今天放培根、
番茄和青江菜!!
咚
咚
咚
咚
或換換副食……
昨晚剩下的
味噌湯
這天是
放梅乾
玉子燒
動點腦筋稍加變化，
也不容易吃膩……
嘿嘿嘿……
再來加點
美乃滋。
嘛嗚
擠~
因此經常做這個
當午餐
我並不是
自誇……
乾咳!!

把這件事告訴老公……
蛤？今天中午又是吃素麵雜炒？
妳們好像常常吃～
素麵雜炒簡單又好吃，小米也很喜歡～
啊～
可是我還沒吃過妳做的素麵雜炒。
做一次給我吃吧
老公也很想嚐一嚐……
但是想一想，味道好像也沒到值得期待的程度……
那是我帶小米手忙腳亂才這樣做的……
怎麼好意思給你吃……
含糊
其辭
哇—
我不太想做給老公吃……
做給我吃有什麼關係～
我才不要～
對老公而言，這是老婆做的沒見過也沒嚐過的料理之一。

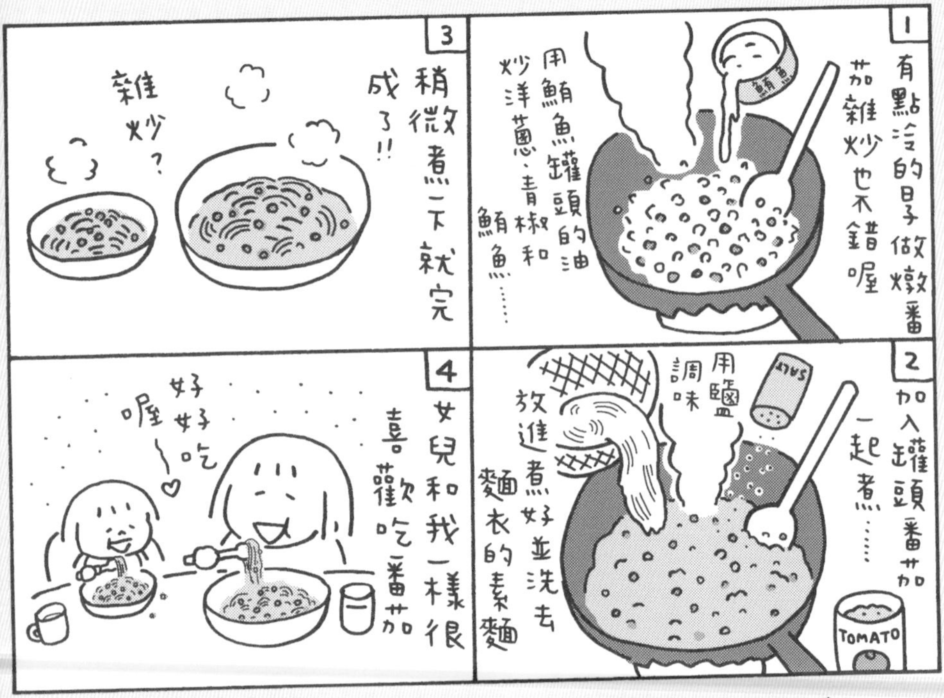

附了南瓜湯

※味道各有些許差異

附玉子燒

附起司和櫻桃

附味噌湯

附蛋花湯

早晨15分鐘完成
饞嘴老公專用的便當

女兒一歲以後，
我開始幫老公做便當。
茶
愛妻便當♥
剛開始的時候，
我很努力地利用晚上
先做好常備菜。
先做個
炒牛蒡吧……
乖~
乖~
哼哼~
再煮個
茄子雞……
咚
咚
我從念國中時就自己做便當，
所以做便當對我來說
不是一件苦差事……
玉子燒
做好了~
和大我一歲的
姊姊一起
嗞~
空隙很大
怎麼辦……
便當盒太大了，
裝不滿……
嗯~
還有沒有
其他東西
可以放~
焦急
焦急
沒辦法，
只好塞些
小黃瓜嘍~!!
該如何準備
饞嘴男人的便當才好，
讓我傷透腦筋。

我老公非常喜歡吃……
肉～♥
也很喜歡吃肉
今天便當的分量和肉類好像都不太夠……
下午上班的時候，會不會肚子餓……
太少了……
咕嚕～
午睡時間
拍
拍
我常常擔心老公吃不飽
也試過早上做炸雞塊，可是太辛苦了……
今天是炸雞塊便當!!
好想睡喔……
呼～
沒多久，連做常備菜都覺得麻煩……
最近終於知道怎麼取巧!!
嗞嗞嗞～
先用平底鍋煎豬五花肉……
今天來個鹹鹹甜甜的薑燒風味～
嗞
醬油
味醂
醬油1：味醂1
+
薑粉少許
GABAN
薑粉
便當盒也換成單層的，四分之三是飯!!
滿滿的

把剛才煎好的豬五花肉放到飯上
嘿咻
老公很喜歡吃辣的，所以再多撒點辣椒……
撒
撒
在菜的那一格，放一些簡單的菜餚就完成了!!
烹調時間約15分
多半是放蛋和菠菜
放了紅薑絲
澎——湃!!
今天也是豬肉蓋飯!!
哇~謝謝~!!
這種豬肉蓋飯便當每天稍加變化
鹽檸檬風味
用這個和鹽調味……
熄火以後擠上檸檬汁
麻辣椒粉
在咖樂迪有賣
異國風味
用魚露1：味醂1調味
上面放個太陽蛋，再撒上那個粉。
國王軒
燒烤醬風味
肉和蔥炒過後，用燒烤醬調味。
燒烤醬

經常趁豬五花肉便宜的時候，買回來冷凍……
備用的豬五花肉
攤得薄薄的以便使用
備用的鹽漬鮭魚
冷凍庫裡也經常存放有鹽漬鮭魚……
偶～爾會改成鮭魚便當
很大
老公吃完午餐都會傳訊息給我
好久沒吃鮭魚便當了，很好吃～。但是我吃太飽了，想睡覺～。
哈哈哈。
知道老公有吃飽，我也放心了。
小米～妳也要多吃一點喔～
啊～
可是以後如果小米要帶便當，可不能天天做豬肉蓋飯吧……
是不是就得做很可愛又五顏六色的……
造型便當之類的？
那種我會做嗎？
看來準備便當的生活還會持續很久

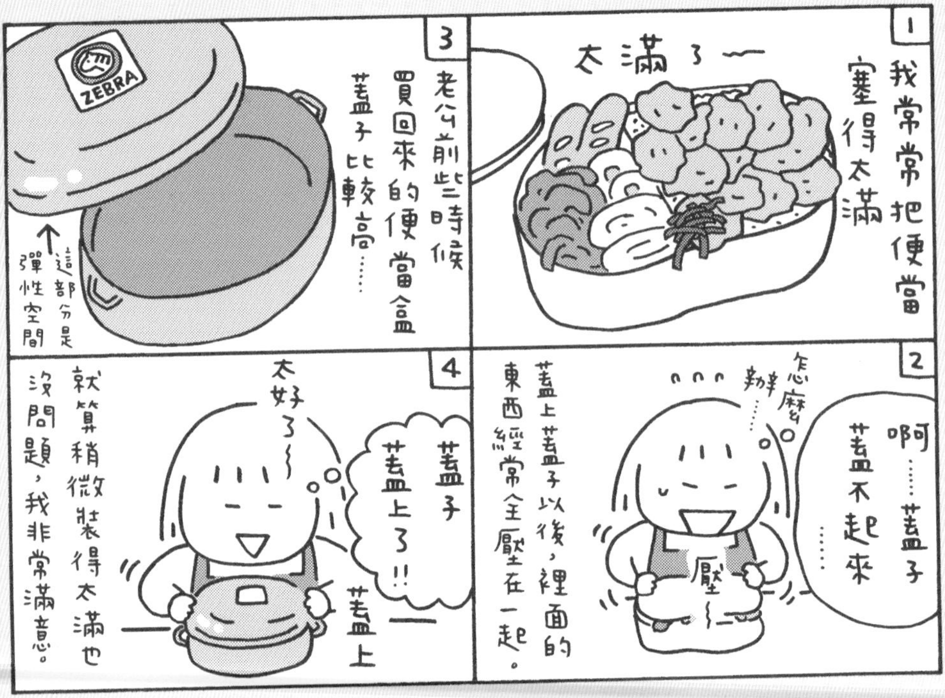
我常常把便當塞得太滿
太滿了～～
啊……蓋子蓋不起來……
怎麼辦……
壓～
蓋上蓋子以後，裡面的東西經常全壓在一起。
老公前些時候買回來的便當盒蓋子比較高……
ZEBRA
這部分是彈性空間
蓋子蓋上了!!
蓋上
太好了～
就算稍微裝得太滿也沒問題，我非常滿意。

我覺得雙層便當盒很不好用
豬肉甜蔥蓋飯
鱸魚豬肉蓋飯
裝太滿了!!
愛妻便當大集合
偶爾是鮭魚便當
鹽檸檬豬肉蓋飯

婆婆親授的
自家製「滑茸」

市面上有賣瓶裝的「滑茸」
滑茸
我有時會很想吃，因此偶爾會買……
大吃
特吃
大吃
真下飯～
有一回去老公的老家……
我煮了滑茸，要不要帶點回去？
我婆婆
咦？您自己做的嗎？
是啊，做法很簡單～
做太多了～
原來滑茸可以自己做喔？
咯咯
婆婆給的滑茸
回家一嚐……
哇～好好吃喔～
跟買的一樣!!

女兒也很喜歡吃……
啊～ 啊～
譯 → 那個再多給我一點
很快就吃完了，因此請教婆婆怎麼做。
材料只有金針菇和調味料而已？
嗯～
做法
原來滑茸就是用金針菇做的……
名字有「滑」……害我想像成滑菇那樣的東西……
先把兩包金針菇切成三等分……
尾端多切掉一些，金針菇就很容易撕開。
散開
散開
散開
對不起，岔題一下，我婆婆還說……
金針菇尾端的部分，我以前大多丟掉，其實可以吃的部分還很多……
前一陣子我拿來做奶油醬燒，很好吃呢～
多切下來的尾端去掉最底下的根部，然後放進平底鍋裡煎。
咯 咯
嗞

哇喔～
看起來
好像帆立貝！
奶油
醬油燒口味
口感脆嫩，非常好吃。
這個
好吃!!
脆嫩
脆嫩
上桌前自己
先夾來吃
再回到正題，
切好的金針菇和100cc的水
一起放進鍋裡加熱……
特吃
大吃
煮開以後，
加進調味料……
糖……1大匙
酒……〃
味醂……〃
醬油……2大匙多一點
↑依喜好增減
咕嘟
咕嘟
煮到湯汁收乾……
越來
越黏稠了。
對不起喔，
再等一下～
咕嘟
咕嘟
嘛嗚～
拉
拉
我也輕鬆做好了滑菇
有很多
完成了～!!

嗯～，
做得滿好吃的!!
特吃
大吃
女兒也吃得
很開心……
呵呵呵，
好吃嗎？
大吃
特吃
啊——♥
你不吃嗎？
啊……
我有在吃啊。
我特地
做的吔……
……
但是老公不喜歡
味道偏甜的菜
好吃啊
一點點
可不可以
放辣椒做成
超辣口味的……
或者是做成
鹽味、蒜味……
我一邊想想
新的食譜……
一邊把滑茸
放進蛋液裡做成玉子燒，
給老公帶便當。
金針菇
可是很有
營養的!!

1
後來我試著做了味道比較特別的滑茸
之1
大蒜、辣椒、麻油、醋、鹽
2
有中國菜的味道，不錯吃~~!!
我或許很喜歡♡
3
之2
罐頭番茄、大蒜、羅勒、鹽、胡椒
4
好吃是好吃，可是不適合配飯……
像是歐姆蛋包飯的配料？
我還在研究中!!

變化版滑茸
番茄口味
像中國菜的口味
金針菇
尾端多切一點
這樣比較容易撕開♡
不過還是一般口味的最好吃？
還可以做什麼樣口味的滑茸呢~
梅子口味？

院子
一片綠紫蘇海

全家一起去群馬縣玩的時候……
道之驛
哇!
這個穗紫蘇好特別喔!!
像花束一樣!!
茂盛～
穗紫蘇?
穗紫蘇 100日圓
嘛嗚～
這些才100圓,好便宜喔!!買回去吧!!
好是好……可是買回去做什麼?
記得我還在念小學時……
茂盛……
爸爸在院子撒了太多綠紫蘇子,院子變成一片綠紫蘇海。
哈—
哈—
哈—
咕咕～
中午要吃涼麵,去幫忙摘些綠紫蘇過來吧～
葉子經常拿來當佐料……
我這就去～

←也有養雞

可是根本吃不完，夏末的時候綠紫蘇就開花了……
花謝了變成穗紫蘇，爸爸又努力地摘回來……
摘
摘
摘
拌味噌，經常拿來配啤酒。
哇～我也要吃～
一大碗公
BEER
我也舔了一下……
噁!!
好苦!!
但那對小孩來說一點都不美味……
已經長大成人的我，現在突然想吃吃看!!
記得爸爸好像是整枝穗吃，不過這樣應該口感不太好，還是剝下來好了……
掉落
掉落
先把剝下來的穗紫蘇泡在水裡一個晚上，去掉澀味……
我記得只加紅味噌拌一拌而已……
完全瀝乾後加進紅味噌一起攪拌……
攪拌
攪拌
紅味噌

懷念的味噌穗紫蘇就完成了!!
喔～就是像這樣～就是像這樣～
就是這味道～
連忙嚐一下……
嗯!!
是我小時候嚐過的那味道沒錯!!
舔
和當時不同的是，如今的我能懂得它的美味。
嗯～紫蘇的果實香氣～
也讓我嚐嚐～
?
喔喔，這個好吃!!
舔
我對穗紫蘇的印象就只有作為生魚片上的裝飾而已。
嘛嗚～
啊～小米要再長大一點才可以吃～
拿來當飯糰的配料應該也不錯～
話又說回來，拿這當下酒菜的爸爸真是個老饕……
學爸爸那樣……
小懂得吃……

晚上我也拿穗紫蘇當下酒菜
謝謝～
無酒精啤酒
BEER TASTE 0%
嗯～
好吃極了
看來我一直沒忘了這味道……
小時候聞到的味道的記憶……
沙沙
沙沙
沙沙
沙沙
咕咕～
不知不覺間銘記在身體裡，變成我內心很重要的一部分。
春天，我買了綠紫蘇苗回來。
2盆
雖然和綠紫蘇海不能比……
來～這是綠紫蘇的味道喔～
妳聞聞看～
?
但很想讓女兒多聞聞各種氣味。我如此心想。
土

1
也做了鹽漬穗紫蘇
撒上約紫蘇果實15%的鹽……
2
攪拌均勻後裝進瓶子裡放冰箱……
過一天就可以吃了!!
3
放在熱熱的飯上，香氣撲鼻。
咬起來噗嘰噗嘰的～♡
噗嘰
噗嘰
噗嘰
4
和飯拌一拌做成飯糰也很好吃
帶便當時很方便♡

好下飯～
兩種都很適合配飯吃♡
鹽味
味噌味
陽台小菜園
紫蘇
一手握著紫蘇一手扯果實
紫蘇的香味～

搬到新家後的
飲食生活

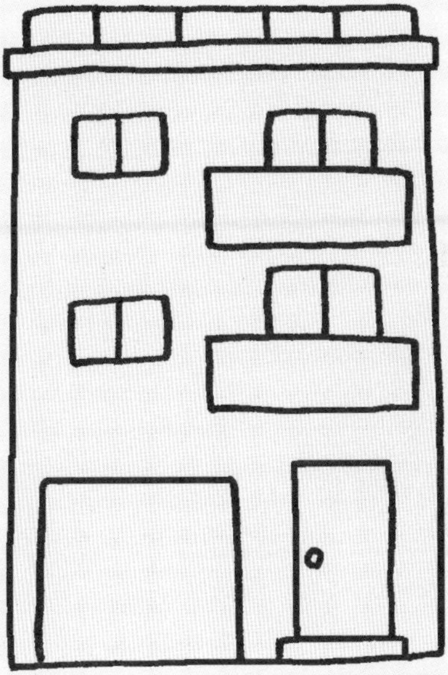

時間過得很快，女兒已經快3歲了……
咯—
這時，我們的生活也有了變化。
之前，老公的老家是婆婆一個人照顧店，一個人住……
但是屋齡已經五十年，加上婆婆也差不多該退休了……
於是決定改建，大家一起住。
三層樓建築
裡面是區分不很嚴格的兩代同居設計……
3F 我們住的樓層
也有我工作用的房間
各自有廚房
2F 婆婆的樓層
浴室共用
廚房
共用一個大門
1F 車庫
女兒可以自由來去各個樓層
小心喔。
奶奶～
咚
咚
之前我一直心想，如果自己蓋房子的話，一定要有個院子……
啾
啾
夢想
可惜地沒那麼大……

因此改做在樓頂
哇——
也放了土，所以我也挑戰了種菜。
先種馬鈴薯試試看!!
咯
咯
挖
挖
春天，女兒開始上幼稚園了。
太大了……
可是因為疫情的關係，幼稚園生活一直沒能順利開始……
我們要出發嘍～
咯～
咻～～
六月終於開始去幼稚園
也開始準備女兒的便當……
嗚嗚……小小的好難做……
掉落
掉落
女兒還不太會拿筷子，所以我想盡量用造型牙籤把菜叉好……
哎呀～毛豆裂開了～
破掉
玉子燒裂開了～
散落
散開
漢堡排也破了～
不料這出奇地難

順便也幫自己準備便當
呼～總算做好了……
女兒的便當
老公的便當
我的便當
弄壞的菜或切下來的邊邊就往這兩邊放。
起先，女兒在幼稚園的時間我總是坐立不安……
有沒有漏尿～
有沒有吃便當～
有沒有在哭～
徘徊
徘徊
今天我們有唱歌喔～
哇～便當也全都吃完了?!
空空的
對啊～
看來女兒在幼稚園過得很開心
便當也都吃光了，好開心喔～
感動～……
……
但是後來幼稚園老師告訴我，便當裡的菜放太多了……
要吃很久才吃得完～
所以我最近就沒那麼賣力
這……這樣就可以了吧
做便當真的很難……

婆婆經常在家幫我照顧女兒……
妳好～
玩買東西的遊戲
歡迎光臨～
我就利用那時間工作，非常感謝婆婆的幫忙。
好感謝～
但是……
我想睡覺了～
女兒越來越大也就不睡午覺，但經常一到傍晚就想睡覺。
哇～現在睡晚上就睡不著了!!
加油!!
好!我們去洗澡，看會不會清醒一點!!
手忙
腳亂
手忙
腳亂
老公換了工作，回家的時間比以前早……
17:30左右
我回來了～
然後開始匆匆忙忙地準備晚餐
那裡有雞肉可不可以幫我隨便煎一煎？
好好
湯都煮好了就剩放味噌而已!!
身體乳液

平常吃飯是跟婆婆分開……
我煮了蘿蔔絲乾，你們要不要吃一點？
不過她常常會分我們一些菜，讓我們省下不少事。
嗚嗚……蘿蔔絲乾好好吃喔~
好久沒吃了~
咯
咯
日照長的時期，這時間外面還很亮……
嘎~
嚼
嚼
一個人住的時候，有時深夜才在吃飯呢……
我也是第一次一邊看傍晚的電視新聞一邊吃晚餐呢！
NEWS
明天的天氣是
ALL FREE
切實感受到生活的變化
而在樓頂……
哇~馬鈴薯也長出來了!!
第一次收成馬鈴薯!!
會有很多馬鈴薯跑出來喔~
小米繼續挖繼續挖~!!
呀~
這個好大喔!!

我一直很想讓女兒體驗收成作物……
好高興喔～
好高興～
咚咚
就這樣我又完成了一個夢想
屋頂上還種了很多東西……
草莓
小黃瓜
小番茄
秋葵
有的長得很好……
也有的失敗了……
種了洋蔥，可是枯掉了。
為什麼？
苦瓜也不知道為什麼還沒長大就變黃了……
還得好好研究才行
我也在大一點的花盆裡種了兩棵梅子樹
咚
明年會不會開花結果呢？
長出葉子
好想拿那梅子來做梅乾。
用自己家的梅子做梅乾
這是我的新夢想

這時，有一天……
很大一箱
冷藏宅配
青森的桃山先生寄來了一大箱玉米!!
是名叫嶽きみ的青森縣生產的超甜玉米♥
很多
桃山先生
我打工時期承蒙諸多照顧的主廚，曾多次出現在先前著作《一個人好想吃》《一個人漂泊的日子》等書中，現在在青森縣經營餐廳「海坊廚」。
吔~!!我們趕快來吃吧~!!
呵呵呵呵呵呵
吃玉米，首推烤玉米嘍~!!
醬油
用微波爐加熱後，放平底鍋裡煎成焦黃，再淋上點醬油調味。
啪啦
嗶哩
嗶哩
婆婆為大家做了玉米炊飯……
熱騰騰~
玉米芯一起放進去煮，風味更佳。
也準備了其他菜……
生魚片
毛豆
婆婆做的白芝麻豆腐拌蔬菜
炒豆芽菜

大家一起開玉米趴!!
在婆婆的飯廳
咯~
開動了~!!
哇喔~玉米好甜喔~!!
玉米炊飯裡的玉米也鮮嫩多汁，好好吃喔。
啊，這道白芝麻豆腐拌蔬菜也很好吃~!
咯~
我從來沒做過這道菜……
這怎麼做呢……
下次來問婆婆好了……
我家的飲食生活變得更熱鬧了，看來以後也會一點一點地持續變化下去。
咯
咯

咯
咯

後記

非常謝謝讀者們對這本書的支持。
距離上一本描繪我一個人住時隨興的飲食生活
《一個人好想吃》大約六年了……
現在的我不能像以前那樣隨興地吃，
也很難出去旅行吃美食或外食，
但是自己好好地做飯或別人做給我，
哈，也是另一種幸福。
不過，我覺得我內心真正喜歡的食物
或偶爾突然想吃的東西，
其實還是沒怎麼變。
小時候覺得好吃的東西、想再多吃一些的東西，
長大以後仍然深深印在腦海裡。
現在我也很想讓女兒體會
更多食物的美味。
嗯～今天的晚飯做什麼菜好呢……？

老公的廚藝越來越好了，真開心～♥
咯－
咯－
再見嘍～
祝大家身體健康～♥

2020年10月
高木直子

媽媽的每一天：
高木直子手忙腳亂日記
洪俞君、陳怡君◎翻譯

媽媽的每一天：
高木直子陪你一起慢慢長大
洪俞君◎翻譯

媽媽的每一天：
高木直子東奔西跑的日子
洪俞君◎翻譯

最新作品

便當實驗室開張
每天做給老公、女兒，
偶爾也自己吃
洪俞君◎翻譯

一個人暖呼呼：
高木直子的鐵道溫泉祕境
洪俞君◎翻譯

已經不是一個人：
高木直子 40 脫單故事
洪俞君◎翻譯

台灣出版16週年
全新封面版

150cm Life
洪俞君◎翻譯

150cm Life ②
常純敏◎翻譯

150cm Life ③
陳怡君◎翻譯

一個人出國到處跑：
高木直子的海外
歡樂馬拉松
洪俞君◎翻譯

一個人邊跑邊吃：
高木直子呷飽飽
馬拉松之旅
洪俞君◎翻譯

一個人去跑步：
馬拉松 1 年級生
洪俞君◎翻譯

一個人去跑步：
馬拉松 2 年級生
洪俞君◎翻譯

一個人吃太飽：
高木直子的美味地圖
陳怡君◎翻譯

一個人和麻吉吃到飽：
高木直子的美味關係
陳怡君◎翻譯

一個人住第幾年
洪俞君◎翻譯

一個人到處瘋慶典：
高木直子日本祭典萬萬歲
陳怡君◎翻譯

一個人去旅行
1 年級生
陳怡君◎翻譯

一個人去旅行
2 年級生
陳怡君◎翻譯

一個人搞東搞西：
高木直子閒不下來手作書
洪俞君◎翻譯

一個人好孝順：
高木直子帶著爸媽去旅行
洪俞君◎翻譯

一個人做飯好好吃
洪俞君◎翻譯

一個人好想吃：
高木直子念念不忘，
吃飽萬歲！
洪俞君◎翻譯

一個人的第一次
常純敏◎翻譯

一個人住第 5 年
（台灣限定版封面）
洪俞君◎翻譯

一個人住第 9 年
洪俞君◎翻譯

一個人住第幾年？
洪俞君◎翻譯

一個人上東京
常純敏◎翻譯

一個人漂泊的日子①
（封面新裝版）
陳怡君◎翻譯

一個人漂泊的日子②
（封面新裝版）
陳孟姝◎翻譯

我的 30 分媽媽
陳怡君◎翻譯

我的 30 分媽媽②
陳怡君◎翻譯

TITAN 136

再來一碗（おかわり）

高木直子全家吃飽飽萬歲！

高木直子◎圖文

洪俞君◎翻譯　陳欣慧◎手寫字

出版者：大田出版有限公司

台北市104中山北路二段26巷2號2樓

E-mail：titan@morningstar.com.tw

http：//www.titan3.com.tw

編輯部專線（02）25621383

傳真（02）25818761

【如果您對本書或本出版公司有任何意見，歡迎來電】

法律顧問：陳思成

填回函雙重贈禮♥

①立即送購書優惠券

②抽獎小禮物

總編輯：莊培園

副總編輯：蔡鳳儀

行銷編輯：張筠和

行政編輯：鄭鈺澐

校對：黃素芬／黃薇霓

初版：二○二一年五月一日

二十刷：二○二四年四月十一日

定價：新台幣 330 元

購書E-mail：service@morningstar.com.tw

TEL：04-23595819　FAX：04-23595493

網路書店：http://www.morningstar.com.tw（晨星網路書店）

郵政劃撥：15060393（知己圖書股份有限公司）

印刷：上好印刷股份有限公司

國際書碼：ISBN 978-986-179-626-0 / CIP：861.6 / 110002454

HARAPEKO BANZAI! OKAWARI Fufu-gohan & Oyako-gohan

by TAKAGI Naoko